冥王星より遠いところ

比冥王星更遠的地方

黄《こう》崇《すう》凱《がい》
明田川聡士◆訳

現代台湾
文学選
2

書肆侃侃房

冥王星より遠いところ＊もくじ

1 8
2 23
3 44
4 67
5 90
6 113

7 138
8 160
9 183
10 195
遠いニッポン　黄崇凱 204
訳者あとがき 210

Sponsored by Ministry of Culture, Republic of China (Taiwan)

装幀　木庭貴信＋オクターヴ
カバー写真　陳威廷

冥王星より遠いところ

1

人類が月面着陸したことはずっと信じたくなかった。

母さんに付き添っていたあの頃、それをもっと確信した。もちろん映像や文章、写真で言い返すことができるし、日時は一九六九年七月二十日だったと正確に言うこともできる。アメリカの宇宙飛行士で月面着陸した二人は誰と誰だと言い、さらには世界中に知られた宇宙の名言さえもそらんじてみせることだってできる。月に星条旗が今でも突き刺さっている写真を見せびらかすことも。そんなもので俺を説き伏せることなんてできないのに。今まで地球は丸いとずっと思ってきたかのように、人類が月面着陸したことなんてないんだ。月面着陸を信じなくても右手で歯磨きするのにはちっとも影響はないし、気むずかしい大腸がいきなり通じることだってないだろう。母さんが死なないということもない。

今度は大丈夫そうだ。俺は娘に向かって言った。「悲しくなんかないよ」娘は困惑して眉間に皺を寄せ、丸い頬をふくらませた。目の前にいる父親が言った言葉を理解できないかのように。

「何が悲しいの？　パパ？」娘をぎゅっと抱きしめた。初めて付き合ったばかりのガールフレンドで、将来妻となる女の子に対してのように。娘は何も言わず、静かに俺がきつくギューッとするがままにしていた。どんぶり目一杯のスープがちからを入れればひっくり返り、煮え立った汁物が体内に熱さを伝えるかのように。かわいい娘よ。「おばあちゃんがいなくなっちゃったんだよ」

「おばあちゃん？」

「そう、パパのお母さん。おばあちゃんのこと」

「おばあちゃんがいなくなったってどういうこと？」

「死んじゃったってこと」

「死んじゃったの」

「そう、死んじゃったの」

「でもね、パパ、おばあちゃんはずっと前に死んじゃったよ」

「そうだね。ずっと後になってもまだ生まれてきてないみたいにね」

「じゃあ、あたし、なんでここにいるの？」

「わかんない」

「知ってるよ……」

　目が覚めると、ずっと遠くでみた夢だったと気づいた。夢とも言えないのかもしれない。疲れ果てた日常のすきまから広がる希望みたいなもの。母さんの世話をしながらぼんやりしている時にやってきて、ちょっとばかりのちからをくれる。どうして娘がいたんだろう。そんなもの、ありもしないのに。まるまる二億の兵士たちは居眠りしてるのに。下で買い物してくると言うと、母さんはうなずいた。母さんはこの一週間ろくに眠っていなかったけど、横にならないで休むのはよくないな。何か買ってくると言ったけど、自分でも何が何だかわからなかった。とにかく明るい光の空間に自分を放りこめば、自然とわかるような気がした。小学生の頃だったろうか。母さんがオースチンのＭＩＮＩを運転して帰る時だった。国語のドリルを抱えて後部座席に潜り込み、狭苦しいシートで背中をくねくねと曲げながら字をなぞっていた。窓は開けていなかった。しばらくすると空気がこもって息苦しくなり、我慢できなくなってきた。小さい自分にはそれがいかに意地っぱりなことかわからなかった。目の前にある真新しい自動車が自分を迎えてくれないことなんてない。ギアやハンドル、メーターもテカテカと光っている。小さな小さな新しい世界の中で、自分が存在しないはずはないといつも思っていた。それから自分で自分に対して待つように言ったんだ。車の中で息苦しくて頭がくらくらし始めても、ウインドウガラスを下ろして空気を入れる気にはなれなかった。後で母さんが言っていた。あら、どこかへ行ってしまったわと気づいた時、車内で一時間以上も寝てしまっていて、捜し出せたのは夕食後だったとか。本当のことを言うと俺はムカムカし、どうして母さんは俺がいないのに平気で夕食を作れるのかと不思議で仕方がなかった（卵チャーハンを作ってくれただけだったけれど）。その時俺は全然わかってなかった。車にいなければ、我が家の車じゃなくて何なのと思っていた。母さんは俺が車内にいたことを怒らなかった。軽くウインドウガラスをノックし、自分で出てくるよう言っただけだった。国語の宿題を抱えて、冷め切った卵チャーハンのところまでたどり着いた時、俺に向かってはやく食べなさいと言ったんだ。どうしてチャーハンを温めてくれないのって思ったけれど。そんなわけで、ＭＩＮＩの車を見るたびに、冷え切って固くなった米粒をいつも思い出すのだった。記憶の食道を米粒がゆっくりと胃袋へ向かって落ちていくけれど、胃の底までたどり着かず、消化のプロセスに入ることができないかのように。

何年か後になって、下りていくエレベーターでこのことを思い出した。エレベーターが停まらずに沈んでいくと、こまごまとした思い出が浮かび上がり、何を買いに行くところだったか思い出せなくなった。コンビニはものすごく静かで、外の看板には蛾がたくさん飛び交って羽をふるわせながら、光の方へ何度もぶつかっていた。病院の向かいの店は病人ばかりを相手に商売しているけれど、でも誰もそこに長くいようとはしない。グレーのジャケットを着た退勤したばかりの看護婦さんが飲み物のところでうろうろしている。結局コンビニ弁当を提げて出ていった。黙って店員と会計を済ませ、バーコードの読み取りとレシートの印字音だけが明るい空間で渦巻いていた。俺は寒気がした。今日来たのはこれで何度目だろう？　まるで紐をかけてある雑誌やＤＶＤを定期的にチェックする保護者のように、ビニール越しにタイトルをなぞりながらいやらしい写真や見出しを想像するのだ。ガールフレンドのしなやかな肌をさすりながら、膣内の温かさとにおいを思い浮かべるかのように。広い店内、並べられてじっとしている商品。エアコンや冷蔵庫のウォーンウォーンという音が鳴り響き、たとえようのない気持ちが直に突き刺さる。何か買いたいものを探しているわけじゃない。午後にプリンを食べたし、夜にはコーヒーを一本飲んだから、お腹が減らないで当然だ。もう一回入り口の前に立った時のピン、ポンという音。高いところの街灯が吸い寄せるパチッという音。向かいのビルはがん患者のように、生命維持のための機器に繋がれている。痛みを騙し、絶望を偽るかのように。

　声を抑えるかのように明かりを落とした救命救急センターの受付まで進むと、ネルーダの少女がペットのことを話したのを思い出した。小学生の頃にシーズー犬を飼い始めたけれど、高二の頃にはもうお手上げだったという。

「ほら、わたしのとこ田舎だから、毎回だっこして病院へ行くことなんてできないのよ。獣医さんだって、年を取ったから、内臓が衰えて、若い頃のような体力を取り戻すなんて無理だよって言ったの」

「じゃあ犬はその後どうなったの?」

「わたしとお姉ちゃんが毎日放課後急いで戻って、生きてるかどうか確かめたの。ある日ね、家に帰ると犬小屋にいなくて、だいぶ捜したけどお姉ちゃんのベッドの下にいたの。死んでた。どう言えばいいかわかんないけど、なんか現実じゃないみたいだった。朝出かける時には目を開けて見送ってくれたのに。夕方には潰れたぬいぐるみのようになってて、臭いにおいだったの」

「最後はどうしたの？」

「お姉ちゃんは自分のベッドの下で死んでるのに気づいた時、ちっとも驚いたような感じじゃなかった。汚くて臭いぬいぐるみのようだったけど。わたしにゴミ袋を二重にするよう言ったの。ぬいぐるみをつまみ上げるようにしてゴミ袋に放り込んだの。それからお姉ちゃんは死んだ犬は川に流すのと言って、村はずれにある大きなどぶの所まで行ったの。後ろについて行ったのよ。最初から最後までお姉ちゃんのこと見てたけど、本当に大人みたいだった」

まだガールフレンドにもなってなかったネルーダの少女がながながと話すのを聞きながら、俺は何も言わなかったのを覚えている。あの時、俺たちはちょうど借りていたアパートのベッドにいた。互いに相手とは関係ないことをおしゃべりしながら、無駄に時間が過ぎていく長い長い夏の日の午後だった。天井を見つめながら、耳元では扇風機がブーンブーンと音を立て、少女が話すたびに言葉はかき消されていった。でも困りはしなかった。面倒くさい顔をせずに聞いているだけでよかったんだ。両腕を頭の後ろに置いて、かすかに滲み出てくる汗が、乾いた肌に染みこんでいった。自分の体内で夏限定の小さなオーブンがムラムラしているように感じた。まるで使い勝手の悪いソーラー式懐中電灯のようで、冬には一度も自然に火はつかなかったのに。

「聞いてるの？」

俺は答えなかった。彼女とは真面目な話をしようかと思っていた。たとえば可哀想なシーズーには安楽死させるべきかどうかといったようなこと。でも俺たちはその時にはくたくたに疲れ切っていた。夏の日の午後なのにセミの声は聞こえず、扇風機が湿気のこもった沈黙をゆるゆると羽根でかき落としながら吸い込んでいき、ぼんやりさせる。ぼーっとしているうちに日が暮れてしまい、ベッドから見える川べりの土手を視界に入れた幻想的な時間を逃してしまった。

いろいろな気持ちがいつも渦巻いている。明々としたコンビニの外にいる時、光っている救命救急センターに向かう時、まるで光の背後にある漆黒へと走っていくような感じがした。救急外来を通り過ぎると、露出オーバーで明るい光が白く覆いかぶさった椅子がいつも目に入った。家族はカーテンの後ろで待たされている。廊下は静かでキラキラ輝いていて、光が次第に弱くなりエレベーターホールの前まで繋がっていた。エレベーターが来てドアが開く時、心の奥がドキドキした。ドアが開いた瞬間に場所を間違えたチンピラがナイフと拳銃、棍棒を片手に殴りかかってくるわけじゃない。全身真っ黒な制服の調査局［台湾の捜査機関］の凄腕がピストルを向けてくるわけでもない。ドアが開けば、エレベーターの中の無表情なむなしさに迎えられるだけなんだ。いったいどうして？　エレベーターが上へとあがる時、俺の気持ちはもう一つ別の記憶の中に簡単に入っていく。病室のベッドがエレベーター内の狭いスペースを独り占めしているかのような場面が突然出てくる。どうしていつも周りで起きていることを離れたところから見てるんだろう？　静かな病室に戻ってきたんだ。とさえ、思った。母さんはかすかに目を開いてまばたきをし、もう一度目を閉じた。

その時俺は突然、どうして彼女に言わなかったんだろうと思った。「もっとはやく犬を殺すべきだったのにね」

何も聞こえずガラス越しに逆さまになった影を見ている。その影には十三階の沈黙した夜景が混じっていた。ガラスのこちら側と同じように安らかだった。母さんの隣に置いた簡易ベッドで横になりながら、犬を殺すことを考えていた。死というのが必ずやってくるものだとしても、朝晩の入れ替わりは犬にとっても辛いのだろうか。もし痛がって、生きたくないっていうのであれば、早めに殺してしまう方が苦しみを何度も何度も受けるより、よっぽど楽だろうに。問題なのは、生きるのが辛くてもまだ生きたいって思うこと。俺たちには生きるかどうかを決める権利なんてあるんだろうか。だから、甘えて前足を立てながら顔を嘗めてくる犬を絞め殺さなくちゃいけなかったんだ。まず犬の姿を忘れて、感情も何もない単純な物体として考えてみる。「イヌ」を「モノ」として。もう一つの問題は、どんな方法が割と痛くないのかということ。もちろんイヌは泣き叫ぶだろう。動物は生きたいと思えばみんな叫ぶんだ。だからうまく殺せば、犬は痛がらないし叫ばない。痛くない、たった一つの方法なんだ。

まるで科学者が、夢の中に入ってきてサンプリングするようだった。夢には娘がいて、母さんがいて、顔がはっきりしない女の人が遠くでヒソヒソ笑っていた。娘がよく見てと言った。娘が目を細めて笑い、ノコギリ歯の城壁のような歯をむき出しにして、ぐっと抱きついてくるのが俺には見えた。触った感じはホンモノのようで、自分が夢の中にいるとわかっていても、思わず「これ夢だよな?」と叫んでしまう。娘は笑顔で答えてくれた。「夢だよ！　パパ、夢を見てるんだよ！」娘の柔らかな髪の毛を撫でながら、すべてが夢で、夢だったんだと思った。そして娘におばあちゃんのこと、娘の母親さえも知らない死んでだいぶ経ったおばあちゃんのことを話そうとさえ思ったりした。

　俺は起き上がって、役に立たなくなった肺の代わりに体中に繋いである酸素チューブを外してあげたいと思った。そうすれば小さな猫のような気体が交互にこすれる音も出ない。母さんにはもう苦痛を与えたくなかったし、生存率というパーセンテージだけで、あの逆さまになった世界でベッドに寝かせておくこともしたくなかった。俺はそうできない理由を探した。臆病なんだ。罪なんだ。道義にもとるんだ。冷静になって考えてみると、じきに死んでいく人間に自分の大切な時間を捧げる必要なんてないとさえ思えた。最後に俺は、本当は母さんへの気持ちが足りないんじゃないかという結論になった。大事にしてるのなら、どうして病院のベッドで弱っていくのを見続けられるんだろう。トイレに行くのさえも、プライドをズタズタにされなければならないのに。大事にしてるのなら、どうして母さんがもう一つの別の場所へゆっくりと入り、光を失っていくのに平気でいられるんだろう。階が上がるたびに暗くなっていく暗闇では、行き着く所に希望があるわけでもないのに。俺には耐えられない。だから、絶対に気持ちが足りないんだ。

「犬への気持ちが足りないんだよ」俺はネルーダの少女にそう言ってしまったのだろうか。ぺちゃくちゃ話して過ごす長い夏の日の午後は、まるで延長戦のように、夕陽の光が川べりの土手に飲み込まれる夕暮れまで続いていた。沈んでいき、沈んでいき、線のようにゆっくりと放物線を描きながら、しっかりとした足取りで明るい月と入れ替わる。明かりのない部屋は真っ暗闇の中でしんと静まりかえり、テレビの画面だけがチラチラ光るように、顔に光があたる部分が言葉では言い表せないくらい目立っていた。

「ねえ、月に人類が行ったこと信じてる？」

「そんなの常識でしょ」

「そんなこと本当に信じてるのってこと」俺はわざと強い口調で言った。

「じゃあ、行ってないっていう証拠でもあるの？」

「そうだよなあ。絶対行ったってことだって言えないんだから」

「何言ってんのよ」

　俺たちは次第に熱が逃げていくベッドの上で並んで横になっていた。扇風機が回り、かすかに涼しさを吹きつける闇が部屋全体を、アパート全体を、団地全体を覆っていた。川べりの土手ではきっと誰かが犬を連れたりジョギングしたりしてるんだろう。時々自転車が行き交い、背中の曲がった人影がゆっくりと川べりの道路を歩いていく。すごくゆったりとした普段の様子。あの人たちもアメリカ人が月に行ったのを信じてるのだろうか？　毎日の暮らしの遥か上の方にあり、何千年にもわたって全世界の人類が歌い続け、時には詩の中の一節と同じくらい痩せ細ってしまった月のことを。俺は彼らがそんなことには全然関心ないことが想像できた。

「何が言いたいのよ?」

「きみが信じてるのか、信じてないのか、っていうこと」

「それで?」

「俺は信じないけどね」

信じない、と言った。きみはシーズーの子犬を殺すべきだったのに、と言った。お姉ちゃんに任せっきりにすべきじゃなかったのに。きみが成長するチャンスを完全に逃してしまったんだ。一瞬にして大人になれるチャンスだったのに。きみは大きく目を開いてお姉ちゃんが大人になるのを見ていたんだ。死んでほしい、と俺は言った。でも、本当は言い出せなかったんだ。続けて月のことを話していただけだったんだ。

「人類が月面着陸してから四十年過ぎたけど、でも月は相変わらず遠いんだよね。変だよね? 四十年を越えるような大事件なら、その後にも影響を与えるはずなのにね」

「『一人の人間には小さな一歩でも人類にとっては偉大な一歩』って言葉、聞いたことある?」

「あるよ」

「ほんとそれじゃない。たくさんのことが何十年、何百年って経ってるけど、ひと言も残してないじゃない」

前に母さんは賞味期限は四十年以上みたいなことを俺に話したのだろうか? 母さんの病室で

一緒にいる時、月の白みに淡い影ができるのを何度も見た。その後で夜に母さんを連れて一緒に帰宅するまで。あの晩、月は地球にものすごく接近し、ズームインしていくかのように我が家の屋根へ異常に近づいた。月は毎年三センチずつ地球から離れ、月と地球の一番近いところの距離は三十六万三千キロ余りだという。母さんと一緒に帰ったあの夜、月は逆に三センチこちらへ近づいていたんじゃないだろうか。誰かが言ったように、月は地球から分裂した衛星なんだ。それはとても優しい言い方で、まるで嫦娥《じょうが》が月にのぼるという伝説みたいだった。美しいものすべてが空中に浮かび上がり、宇宙へと飛んでいく。ちょうど肉眼で見える範囲で皆が、まだあそこ、まだあそこ、と言っているけれど、二度と元には戻らない。そして月は毎日展示される大きな標本のように、丸みを帯びた山と静かな海を見せたまま、遥か昔の光を反射している。その裏側は無限の暗闇で、ほうき星と隕石が偶然にぶつかり合う。かすかな震動を発しながら、最後には緩やかで静かな地層のうねりとなっていくのだった。

「どれくらいの人が月面着陸したと思う?」

「わかんないわ。そうね、十人とか二十人かな?」

「たった十二人。しかも最後の一人はもう四十年前のこと」

「だから何が言いたいの?」

「人類が月面着陸したなんて信じてないってこと」

「じゃあ信じなけりゃいいじゃん。食事行こうよ?」

会話は途切れた。扇風機がまだ回っていた。決まったリズムで左右に揺れながら吹き出す涼しい風が、皮膚と意識の中へと夜を吹き付けていった。俺は目の前の少女が結局いつ大人になったんだろうと思った。彼女の家で飼われて何年にもなるシーズーが小さな死骸となり、村はずれの大きなどぶに放り投げられて浮いているのを想像した。腐ってしまい、水中で行ったり来たりする魚にむしばまれている。少女は言った。お姉ちゃんの動きや背中を見ていると本当に大人になったんだと思ったと。月と地球が自転する速さは同じだそうだ。人間はいつも月の片側しか見ていない。誰も月の裏側なんて見たことがないんだ。俺は外に出かける支度をしながら、心の中で言った。娘よ、ママを見てごらん、ママはもう大人なんだから、お母さんなんだよ、おまえをこの世で生むことができたのだから。

食事から戻る途中、俺たちは川べりの歩道を散歩した。近所の住民がちらほらと犬を連れて散歩したり、自転車に乗ったりしていた。歩道の街灯は明るく、視界が途切れるところまで延びていた。ネルーダの少女が母さんの様子を聞いてきた。

「いつもと同じ」

「いつもと同じってどういうこと？　いつもはっきり言わないんだから」

「いつも通りって言うのは死んでるってこと」

落ち着いてさっき食べた晩ご飯のメニューを話すかのように言った。まるで一瞬張りつめた静けさが俺たちのことを縛り上げるかのようだった。辺りにいる住民がペットの名前を呼んだり、自転車でヒューと空気を切り裂く音がいっそう近づいてきた。その瞬間、月の頬が光っているのが見えた。彼女は何も言わなかった。俺も何も言わなかった。俺たちは互いに足音を追いかけながら戻っていった。戻ると、彼女はまっすぐに部屋へ入り衣服や身のまわりのものをまとめ始めた。綺麗に折りたたんでスーツケースに入れる時、何度も立ち上がって何か忘れ物はないかと確かめた。彼女は手早く荷物をまとめ、まるで軍隊のようにてきぱきとして、それから振り向いて言った。「じゃあね！」俺はうなずき、彼女のそばまで近づいて抱き合おうとした。彼女の体はちょっとためらっていたけれど、まだ俺の背中をさすっていた。そして明るくはっきりとした声で言った。「うん、じゃあね」まるで自宅から隊舎へと戻る兵隊さんのようだった。

ドアが閉まる音がした。俺は月への着陸船に乗った。アームストロングがはしごで下りた時、月面まで一メートルはあったという。そこであいつはゆっくりとではなく、月めがけて大きくジャンプしたんだ。続いてオルドリンが月面に降りた二人目の人類となった。俺は、二人と一緒に月へは降りなかったコリンズだ。あいつらは忙しそうに月面を歩いていた。やっとのことであの変な旗を突き立てて、飛び跳ねるようにしながら、俺の視界で揺れ動いていた。それからミッションを終えて一緒に地球へ戻った。俺は月に一番近づいたけれど着陸しなかった奴なんだ。

娘が出てきた夢の中で、「あの大きくてまん丸のお月様見える？　パパは前にあそこに近づいたんだよ」と娘に言っていた。「パパどうして降りなかったの？」娘が聞いた。「だって人間が月に足を踏み入れたなんて信じてないんだから」俺は答えた。「じゃあ、あたしも信じない！」娘はそう大きく笑った。甲高い笑い声が夢に突き刺さった。夢から覚めた現実では俺に娘などいない。ネルーダの少女を見送った後、部屋全体に扇風機が回る音が響いていた。まるで風が部屋をさらに広く大きくしていくみたいに。

　俺は人類が月面着陸したことなど信じない。

2

一九三〇年に太陽系で九番目の惑星として冥王星が見つかってから、太陽系の「九大惑星」という呼び方が使われてきた。九という数は特別で、十でもなければ八でもない。しかも九大惑星の名称は、ありとあらゆる天文学の資料や世界各国の百科事典にも書かれている。もちろん俺が小さい頃から読んできた百科事典にも。

遥か彼方の天体にはいったいどんな意味があるのだろう？　俺にはそれがいつまでもわからなかった。冥王星に関するデータでも見てみようか。冥王星は太陽から五十九億キロ離れ、太陽のまわりを一周するのに二四八年もかかる。最近太陽に一番近づいたのは一九八九年だった。これほど孤独に永らくのあいだ、長い長い道のりをゆっくり走るのだ。独りぼっちで寂しく軌道で回転しているのに、みんなには理解されない。いつでも一番遠くにあって、最後に発見された太陽系の惑星として、常に孤独だった。俺たちは冥王星があることに慣れきっている。見た目ではよくわからず、重要には見えないけれども——本当は肉眼でなんか見ることはできないけれど。そして二〇〇六年に、ある天文学会によって太陽系から外され、それ以来太陽系は八大惑星となった。これは冥王星にとっていったいどんな意味があったのだろう？　太陽との距離が変わるわけでもないし、太陽のまわりを公転しなくなるわけでもない。相変わらず落ち着いた歩みで次は二二三七年と言われている次の近日点へと向かうのだ。その時には、地球の人々はこのちっぽけな天体のことなんて覚えているのだろうか？

　冥王星が九大惑星に名を連ねていた最後の年、ネルーダの少女はゆっくりと去っていった。あの夏、炎暑の午後、俺はネルーダの少女の部屋でふざけながらネルーダ〔チリの国民的詩人、一九〇四～七三年〕の詩を口にした――「ぼくには　きみの胸だけでいいのです」。冗談を言うような口調でネルーダの少女の胸を誉めながら、手のひらで彼女の肌をさすっていた。俺の体内では動物のような鼻息がわいてきて、欲望がゆっくり牙をむいた。でも、逆にひっきりなしに今晩は何を食べようか、と聞いている。別の欲望で欲望を抑えつけるのは、効果がないみたい。特にきみがお腹いっぱいにたくさん食べた時には。

　彼女が頭を下げながらアソコをくわえ、リズムよく動き出した時に言ってみた。「ねえ、きみは何してるのかわかってるの？」彼女はためらいながらも、続けて動いた。

「ねえったら」声を抑えて、頭を押さえた。

　咬んだ。

　痛っ。

　だいぶ後になってネルーダの少女と一緒だった時を振り返ると、いつもこのことを思い出す。

手はおもわず股間にいってしまう。人はマッチが燃えるように一番醜い火種を体内で燃やしていて、しかも燃え尽きた後にはほとぼりが冷めないことを心から望んでいる。どうしてあの時ネルーダの少女と一緒に、体の奥底からわいてくる悲鳴を何度も叫んでいたんだろう。生臭い体液が、全身をあちこち駆けめぐるかのようだった。こういう女の子がものすごく好きなんだけれど、離れていくまでさんざん痛めつけたいと思うのだ。結局、彼女は本当に行ってしまった。ほかの男が握りしめる女の子になってしまった。今でも朝、目覚めた時、一緒に過ごした最初の晩のことをいつも細かく思い出す。彼女は俺のトランクスを穿き、俺の歯ブラシを使った。ベッドの上で恋人とはほど遠い感じで気ままにおしゃべりした。汗が出るほど暑く、それまでの家での出来事や個人的な思い出をぺちゃくちゃ話した。それからゆっくりと恋人同士のような感じで、遅い時間に咲き出した月下美人みたいに雫を滴らせながら互いの体をこすりあわせたんだ。それから俺は一生で一番キモかったことを話した――高校の寮のシャワールームでお漏らししてしまったことを。指先を動かしながら、真っ黒なウンコが排水溝へと沈み、するりと穴の中へ消えていったのをものすごく視覚的に話した。たぶん肉を全然食べてなかったんだよ。ボディーソープとシャンプーが混ざった香りでさ、誰も異様なにおいに気づかなかったんだ。すぐ排水栓の蓋を閉めて、真っ黒な穴の隙間からその跡を見たんだよ。ネルーダの少女は横になりながら猫のように丸くなり、クックックッと笑った。俺は続けて話した。トイレの中でのようにさ、出した後に思わず紙を探したんだけどね、その時突然シャワーしてるって気づいたんだ。自分が漏らしたこと信じられなくて、別の寮生がやったって思ったよ。シャワールームの中でひたすら考えてたら、汚しちゃったところは手の打ちようがないことに気づいてさ。ネルーダの少女は腕を枕にして笑っていた。お腹を抱えて笑いながら、まるで生理の痛みにでも苦しんでいるかのようだった。でも、彼女はそれからどうしたのとは聞いてこなかった。「ホーラン《デタラメ》」とだけ言い、にこりともしなくなった。頭を壁に向けて、背中を向けたまま何も言わなくなった。どうしたの、アホすぎたかな。沈黙。沈黙の数秒間は一世紀のように長かった。彼女がゆっくりと口を開いた。「それ、あなたじゃない。わたしのことよ」背中を向けて、バラバラになった髪の毛を俺に向けたままで。彼女が俺の方を振り向くのを待って、何も言わせずに半分勃起したアソコを口の中に突っ込んだ。俺たちは不思議な姿勢を保ち、周囲は沈黙したままで、まるで彼女の心臓が突然縮まる音が聞こえたかのようだった。それからは腰をくねらせる動きはなく、彼女もしゃぶり続けるわけでもなく、リモコンで一時停止したかのようだった。静かな少しだけジメジメした夜が続き、何も話さなかった。短くて貧弱なのにどうして大胆にも彼女の口に突っ込んだのか、今でもわからない。突然思いついたんだ。引き抜くとゆっくり大きくなって、パンツの中にまた戻した。ネルーダの少女はずっと俺のことを見ていた。頭の中まで見透かし、温度がどんどん高くなっていった。一瞬、瞳が止まって反射したかと思うと、その輝きに飲み込まれてしまった。

時間がもとに戻ると、ネルーダの少女はもういなかった。あの眼差しは相変わらず俺の部屋に残っていて、静かに押し黙ったままだ。だいぶ後になった今、時間が人と人の間を飛び跳ねていくことにようやく気づいた。人の残像はダニのよう、太陽の下でこそリズミカルなステップを見せてくれる。俺はネルーダの少女を毎日の暮らしから追い払ったんだ。人々が軽率にも冥王星を追放したかのように。でも、彼女はそうしてこそ邪魔されずに自分の軌道を進むことができたのだけど。

だいたいあの頃から俺は家族が増えてきた。小学校へ上がったばかりの娘に、可愛いらしい妻がいる。普段はあまり話をしなくて、俺からいろいろしゃべりかけても反応はない。だいぶ後になって生まれた娘が、かなり前に亡くなった人に似ているのはなぜなんだろう？　娘の困ったような瞳を見ていると、母さんのことがどうしても思い出せなくなってしまう。そこでネルーダの詩を娘に聞かせてあげた。「ぼくが悲しい思いをし　遠いきみを感ずるとき　なぜに不意に慕情は襲う」娘は俺の胸元に寄ってきて、困ったような顔つきをした。娘にもわかるように言わないと。でも子供が理解できているか知るにはどうしたらいいんだろう。もし俺たちが全然何も知らなくて、ネルーダの少女なんてもともと誰も知らない大昔の書物にすぎないなんて言うのなら、どうやってネルーダの少女を娘に教えればいいのだろう。ゆっくりと、俺も学んで成長しなくちゃな。娘と一緒にもう一度大人になろう。気持ちや些細なことは脇に置いたまま、記憶の海に浮かぶ泡《あぶく》になって、遠くの浜辺へと少しずつ流れていく。娘がますます要領を得た大人になるにつれて、象が大きく鼻を振る快楽天堂《愉快なパラダイス》［一九八〇年代に台北市動物園が移転した際に作曲された歌「快楽天堂」にちなむ］なんてだんだん信じなくなっていくんだ。

俺は妻に向かって自分の気持ちを伝えた。人は子供を生んだり育てたりするけれど、その時に子供の成長を見ながらもう一度世界を知る。子供を生まないのは学び直す感覚に永遠に気づかないままで、命が先細りするのを待つだけなんだと。妻は笑いながら首を縦に振った。その笑顔は俺よりもずっと前にわかりきっていたかのようだった。子供を生んだり育てたりすることなんて全然想像できなかった。もし世界を知るということについて解釈が絶えず必要なら、それは決まり切ったやり方ではなく、とても柔軟なものになる。だから俺には娘を作り出すしかなかったんだ。

ある日の午後、俺は娘と百科事典をめくっていた。天文学のページには太陽系の九大惑星が載っていた。俺は娘の小さな手を引きながら何光年も越えていった。軌道でぐるぐる回っている天体を一つずつ数えながら、地球から一番遠い冥王星までやって来た。俺が教える天文知識なんて三十年前の古いもの。冥王星は九大惑星から追い出され、外側をさまようとりとめのない星になっていた。俺はこのことを小さい頃に信じていたものと同じように考えてみた。早く寝ないと虎姑婆《ホーゴーポー》［台湾の民話に出てくる老婆に化けた虎］がやって来て指先を咬んでしまうとか、クリスマスイブにサンタクロースが毎日楽しみにしていたプレゼントを枕元に置いていくとか。娘が中学に上がれば、同級生とも仲良くなる。もしかしたら自分がこれまでに聞いた知識なんて昔のものだったと急に気づくのだろうか。冥王星だけでなく、多くの考えや習慣は昔のものだったとすぐに気づくのだろう。父親などというのも、そこに入るのかもしれない。でも俺は相変わらず娘に歴史を聞かせようとする。だいぶ時間が経った後でリズムよく歩いている時にふと思い出すような過去の出来事のことを。それはネルーダの少女、あるいは母さんや妻のようなものなのに。俺は娘に伝えたかったんだ。

目の前で世界がゆっくりと開《ひら》けてくる前に、パパが見たのはあんなにも綺麗な景色だったんだよ、と。長い長い睫毛のおめめが開く前に、パパはどれだけの時間を待って、きみのそばに広がる美しさに出会えたのか、と。

言いたかったのはこのことだった。

これまできみがいなかった世界はどんな感じかって考えたことはあるかい？　その時はネルーダの少女がいたし、おばあちゃんもいたんだ。きみが生まれるなんて考えてもみなかった。

妻が言った。「ねえ、また何か変な話考えてるんでしょ？」寝る前に毎日枕元のサイドランプで本を数ページ読んでいると、妻はいつも眠りにつくまで口任せに話しかけてくる。たいしたことじゃないよ、小説みたいのを書けるかと思ってただけだよ。妻はあごで俺の肩にもたれかかり、へそ周りの贅肉と産毛を撫でながら、ぶつぶつと言い返してきた。いいわね、いつも変な話ばかり考えて、書いちゃいなさいよ。どんな話か知りたい？　と俺が聞くと、妻は、あら、もうこんな時間ね、寝る時間なくなっちゃうわと言うのだ。そして俺の頬に軽くキスをして、あちらを向いて布団を引っ張りながら、おやすみ、とひと言。俺もおやすみと言い、そして淡いランプをつけながら自分の本を読むのだった。

もう娘はぐっすり眠っているのだろう。自分の部屋で眠気と布団に何重にも覆われながら。家全体が静まり返り、妻はすぐにリズムのよい鼻息を立てながら、娘の後についていった。本当は小説の内容について妻と話したかった。孤独な青年が時空をまたぎながら現実に抵抗するというような話だ。でも妻はあまり興味なさそうで、少なくとも睡魔の方が勝っていた。ランプを消して眼鏡をはずし、布団の中でこの若者のディテールと現実の暮らしの苦境、彼がどうやって立ち向かうのかといったことを考えた。考え出すと数字が散らばるかのように、尽きることなく拡散していき、すぐに自分の今の生活と繋がってしまう。俺は振り向いて、背中を向けて寝入っている妻を見た。この女性《ひと》とはもう十年も一緒だ。さらに十年、二十年と……もちろん何か想定外なことや喧嘩などでそんなに持たないことだってあるだろうけど、でもその可能性なんて高くない。横になって、妻が向いている方向と同じ向きになり、妻の肩を抱いてみた。すると、手がむずむずしてきて、胸をつかんでしまった。おっぱいって本当に女性の体の不思議な器官だ。母乳をあげるためなのだから、大きさはそれほど重要でもないのに、近寄ると思わず撫でてしまう。どんなに揉んでもACEなんて出てこないのに［周星馳主演の香港映画『賭聖』でのワンシーンにちなむ］。

　こんなふうに触りたい時に触れる毎日に不満はない。すべてのことは自分の世界で理路整然としていて、妻と娘は軌道のように安定したレールの上をきちんと進んでいる。俺は平凡な日常に満足する高校教師。毎日テレビをつければ、画面の中の人や事件は自分とはほど遠い世界のものだとはっきりわかる。小さな世界を三人家族で組み立てて、皆がそれぞれの頂点で責任を持ちながら、不等辺三角形のようになっている。それはまるで惑星が何事もなく回転していて、突然狂ったように急発進して太陽や別の天体にぶつかることなどないかのようにごく自然なことだった。

　熟睡する妻の胸をまさぐり、目覚めていないのを確かめてから、耳元で軽く囁いた。「バカ」。反応はなかった。毎晩妻が寝ついた後に悪態をつく。聞いているかもしれないという緊張の中で安心感を得るのだ。時々アソコを出しては妻の頬や髪の毛を何度か弾き、急いでもとの位置にしまうことだってある。そして寝返りを打ちながら自分の夢の中に入り込み、興奮した心臓のスピードがゆっくりと落ちていくのを待つのだった。

　いつも妻が目覚めてから俺を揺り起こし、一日が始まる。学んだり教えたりしている歴史のせいかどうかはわからないけれど、自分はやっぱりいろいろ考えるのが好きなんだ。顔を洗っている途中で歯ブラシの端を握りながら、その先のことを考えることがよくある。服を着替えて、朝メシを食べて、出かけてから、授業に出て……。消極的にこんなふうにいつも考えているのはたぶん悪い習慣なんだろう。あらゆることは最初に決まっていたとおりに始まり、どんな想定外も起こらない。本当に想定外のことが起きたら、対応できるなんて思えない。でも自分が想像したとおりに事が進むと、クソつまらねえと思ったりもする。ただ今日歯ブラシを握った時には、ある考えが頭をよぎった。将来起こることだけ覚えているのはできないのかな。妻の胸のかたちを覚えていられるのは、俺が見たり触ったりしたからだ。娘が毎日見せてくれないにもかかわらずあちこちに置いてしまう日記の内容を覚えているのは、俺がこっそり見たからだ。これらはすべて起こったことだから、俺は覚えていられるんだ。もし記憶のフォーカスを調整して、ある時点から過去のありとあらゆることを忘れてしまい、すべての過去が起こるかもしれない未来へと変わるのなら、どうやってその先を生きればいいんだろう？　歯磨きを終えて、口の中で膨らんだ泡を吐き出すと、こうした気持ちはいつもと同じように蛇口の水と一緒に排水口に流れ込み、真っ黒な穴の中へ消えていった。

家を出ると、俺の足どりはまるで一日の書き出しを始めるかのようだった。

歴史の授業では、何百年何千年も前のことを繰り返し話していた。授業計画に従って、大昔から近代まで、地域のことから外国のことまで、輪を描くように外に向かって広がっていく。目には見えない時間の流れは、さながら如意棒のように過去から未来へ向かって伸びていき、時空と時空を繋げていく。いつの頃からか、次第に決まり切った教え方に疑いをもつようになってきた――そうした歴史は、本当に「過去」のものなんだろうか？　時間が流れる時の感じ方、光陰矢の如しで未来へ進む感じは、もしかすると俺たちが小さい時から教え込まれてきたような経験からくるのではないだろうか？……でも俺は深く考えたいわけじゃない。授業の合間にちょっと考えてみただけなんだ。大事なのは思考の内側だけじゃない。哲学や心理学、物理学に宇宙論などたくさんの知識へと広がって、自分のキャパシティなんか遥かに超えてしまうのはわかってる。どちらにしろ、地球はもう四十六億年も経っていて、俺の人生なんて四十六歳まで生きられるかどうかもわからないんだから。

続けて突然インスピレーションがひらめいた。もし今日の授業で教えた春秋戦国時代の人がまだ生きていたなら？　俺が言いたいのは、もちろんこの世にずっと生きていたらということじゃなくて、ある特定の時空の中に永遠にいるのならということ。そんなことってあるのかな？

でもそれは脳みそで考えつくようなものではなかった。俺は引き続き頭の中で未完成の小説を組み立てていった。一人の孤独な若者の姿、彼の暮らしぶり。次の授業のベルが鳴るまで考えていた。

俺は本当にネルーダの少女に向かって「子供を生もうよ」なんて言ってしまったのだろうか？　あの夏はとても蒸し暑かった。いろいろな場面を思い出そうとすると、海で海水をすくい上げるかのようだった。一緒に歩いたところ、にぎやかな夜市、あつくてピリピリ辛かった串焼き、ギンギンに冷えたビール、肌理《きめ》の細かい頬……場面が次から次へと移り変わり、投げたブーケが落ちていくかのように散っていく。どれも輪郭がぼやけ、たいていのことはもう思い出せなかった。もしかして彼女と秘密を話しあったのだろうか？　小さい頃に浴室の外で隠れながら、ドアの風通し用の隙間からお風呂に入っているおばさんや親戚のお姉ちゃんたちのことを何度ものぞき見してたこととか。あるいはネルーダの少女が姉と村はずれにある大きなどぶまで行って死んだ犬を放り投げたこととか。それから母さんの死に関わることも……そんなことが頭にぐるぐるぐるぐる巻きついて、いつも俺をタイムワープさせる。ふとした時に突然思い出すのだ。

だからあの時、ネルーダの少女に向かって一緒に子供を生もうよ、なんて言ったのだろうか？

「いいわよ」彼女の口調は捨て犬がやって来てそれを育てるよりも変ではなかった。そんなふうに答えたようだった。とても奇妙な思い出で、いつもどこか抜け落ちているような感じ。それでいて毎回思ったことをフォローしていくので、いろいろなものが混じっているようにも感じた。覚えているようでもあり、根も葉もないことを憶測しているかのようでもあった。一緒にいたあの時間は本当に「過去」のことなんだろうか？　本当は「過去」なんかじゃないのではないだろうか？　俺が感じることのできない場所、ケータイの電波が絶対に届かないところまでだんだんと押し込まれていっただけなんだろう。二度とその時空には向かうことができなくて、視野の外に隔離されてしまう。目を閉じるだけで、昔の様子が思い出され、一瞬のうちに光景が浮かんでくる。それは俺の体内にあるハッブル宇宙望遠鏡のようなもので、大昔の光や衝突を見るのに一役買ってくれている。ネルーダの少女がこちらを振り返る前に、彼女の姿だって見ることができるんだ。そして大きく目を開き、誰もいない場所へとまた戻っていくのだった。

　帰宅すると、妻と娘がちょうど食事をしていた。今日妻は俺よりも早めに授業が終わり、道すがら娘が下校するのを迎えに行ったのだ。午後二人は家にいて、たぶん片づけをしたり、洗濯したり、短めの昼寝でもしたんだろう。それから妻は娘の書き取りドリルの宿題を見て、簡単な夕食の準備を始めながら、俺の帰りを待っていた。その時俺はちょうど学校で口から唾を飛ばしながら必死に授業をし、二人が何をしながら午後の時間を潰しているのか想像していた。普段の様子はこんな感じでイメージしやすく、とっぴさに欠けていた。そわそわした青春期と躁鬱なポスト青春期がまもなく終わろうとしているのがわかった。平穏で単調な日々がやってくるのはこんなにもはやく、終始太陽が目にまぶしいくらいに感じた。そして冥王星のことを考えるのだった。真っ白な紙の真ん中に彫り込んだ黒い点のように、ゆっくりと俺の内側を占めていった。

　冥王星を見つけてごらんと言われて本当に見つけてしまった、天体マニアのパーシヴァル・ローウェル。

　ハーバード大学に学んだアメリカ人のローウェルは一八九六年に火星人が水を使い果たし、たくさんの灌漑用大運河を作るしかないと言いだした（そんなバカな。当時の台湾は日清戦争が終わったばかりで、帝国日本の植民地に入ろうとしていた矢先に過ぎないのに）。この「火星マニア」は至る所に足を運んで火星について講演し、火星人の生活スタイルまで話していた。ただ彼は同時に至極まじめな天文狂いだった。私設天文台「マーズ・ヒル」を建てただけじゃなく、「火星の運河」という言い方で学者たちの失笑をかっていたので、天文学の学説を塗り替えるほどの驚くような大発見をしてみせると誓っていた——新しい惑星を見つけるということだった（彼はこの目標を「惑星Ｘ」とした）。今でも覚えているけど、最初にこの話を読んだ時は、こいつ何て狂ってるんだと思ったものだ。惑星なんて見つけようと思って見つかるものじゃないだろうに。

「よし、絶対に新しい味付けの蚵仔麵線《オアミーソア》［牡蠣とモツを煮込んだ素麺］を作り出してやる！」とか「あのタコ［ＵＦＯキャッチャーの人形］をとるまでやめないから！」ということとは全然違うのに。こんなことを考える人はきっとスケールが大きく融通のきかない執念があるんだろう。ローウェルは一九一六年に死んでしまい、彼が予言した「惑星Ｘ」を見つけることはできなかった。でもあろうことか、彼が建てた私設天文台の研究員が一九三〇年に本当にローウェルの「惑星Ｘ」を見つけ出してしまったのだ。それは海王星の軌道の外、十六億キロのところにあった。

　天王星と海王星が回る軌道は不規則だと考えられていたのは、おそらく観測するのが難しい惑星だったからだろう。「惑星Ｘ」が現れると、ちょうどこの予測とぴったりだった。そして世界はそこから「九大惑星」と呼ぶようになったんだ（天王星の後は海王星で、海王星の後が冥王星。

なんて素晴らしい並び方なんだ)。一九三〇年から二〇〇六年までの七十六年間は、太陽系九大惑星という言い方をしてきた。歴史マニアの俺から言わせれば、冥王星が在位した時期は、冥王星(Pluto, 1930-2006) と書くべきなんだろう。

冥王星とネルーダの少女にどんな関係があるのか。実は関係などない。無理やり二つを繋げたのだ——両方とも同じ年に俺から離れていったから。十九世紀初めに人々は数学を使って、火星と木星のあいだには何か失われた惑星が存在すると考えた。ようやく「ケレス」と名前のついた惑星を見つけたけれど、その後の観測では似たような天体が多すぎたので、それ以来ずっと格下げが続いてきた。一連のプロセスはまるで人類の高慢と横暴さをすべてさらけ出したかのようでもあった。我々は仮定して、想像して、期待して、探して、見つけ出したんだ。でも最後にはどれも失望する結果になった。だってすべては根も葉もないことを考えたのだったから。あるいは叶いそうもないことを期待しただけだったのかもしれなかった。冥王星の物語はすでに起きた茶番がもう一度繰り返されただけなんだ。

それなら、俺は冥王星にやられたってこと。冥王星とネルーダの少女がいない世界から退き、八大惑星しかなくて彼女がいない世界に入ってしまったんだ。

本当はその後に何が起きたのか、わかっていた。帰宅した時、二人はもう食べ始めていた。カバンを置き、上着を脱いで、キッチンまで行って水をひと口飲んだ。妻はやっぱり綺麗好きなんだ。目を細めて部屋の様子を眺め、冷たく透き通った水を口にふくんだ。歯茎と歯間が瞬時にキリリと凍る。妻は娘に野菜をたくさん食べなさいと言い、大皿には茄子とピーマンの煮込みが並んでいた。俺は思った。自分だって体によいというこの二つの野菜を一度には食べたくないけれど。でも俺は野菜をしっかり食べなさいと娘に言い聞かせる方に肩入れするのだ。いつもの夕食。今までも、これからも、数え切れないほど家での夕食はどれも同じようなものなんだろう。なるべくそう考えないほうがいい。そう考えると、テーブルの料理は美味しくなくなるから。生命を維持するためだけのオーガニックの流動食みたいなものになってしまう。少し経ってから、リビングで本を読みながら、缶ビールをちびちび飲み始めた。妻は書斎で娘と一緒に宿題をしていた。明日の授業の準備をしながら。俺は一晩中、本に集中することができなくて野良犬のようにぶらぶらしていた。「もし自分の夫がつまらなそうにリビングで本を読みながらビールを飲んでるのを見てしまったら」と思ったのだ。自分が妻なら、どう思うのだろうか。——忘れてた、明日の授業のパワポ終わらせないと……いい子だから宿題が終わったらお父さんのところへ言っておしゃべりしてきなさいね……生理来たみたい……あの人帰宅するなり暗い顔していったい何なのよ……こんな感じかな。しばらくして、娘は書斎から出てきて俺とおしゃべりした。今日学校で何があったか、仲良しの友だちがどうしたのか。本を閉じ、冷たいビールがゆっくり温まるほど真剣に話を聞いた。娘の話しぶりを見ていると、胸の中に想像できないほどの思いがどんどんわいてくる。素晴らしい芸術品やハイテク製品を作ったことはないけれど、でも娘というこの生き物はもう自分でいろいろ自由に考えて行動できるようになっている。俺は自分が何を考えているのか訳がわからなくなってきた。普段と同じ夜なのに、なぜか訳もなく感動してきた。自分は老けたなと感じ、以前は顔や頭にすぐ現れた無邪気な感情もほとんどなくなってしまったけれど、でもやっぱり娘のお漏らしにはハラハラさせられるんだ。

だからさ、冥王星が発見された後の五十年間に体積がずっと「縮小」していったことなんて端《はな》から問題じゃないんだ。みんな初めから間違えてるんだ。もともとそんなに大きくはなかったんだ。大きくて重たければ天王星と海王星の軌道からの予測に当てはまると言われていただけなんだ。その結果、悲惨だったのは冥王星の衛星「カロン」が出てきたことだった。大きさは冥王星のほとんど半分で、おそらく激しい衝撃を受けた冥王星から分離したものなんだろう。その後の観測で、冥王星とカロンのあいだには惑星と衛星の関係はないことがわかり、「二重惑星」と呼ばれた最初の天体になった。そして冥王星の付近には数百から数十万もの似たような天体があることもわかった――このことがどれほど人々をがっかりさせただろうか――どうして？　冥王星が惑星でないのならともかく、あの衛星が分不相応にも――なんでなんだ？　今何の理由もなくまた数十万の冥王星が出てきたのだろうか？

その感覚はレアな限定グッズをどうにか手に入れたいと思ったけれど、どこのコンビニでも売っていて、値段が安いだけじゃなくまだ何種類かの中から選ぶことさえできたというような感じだった。どんなに強い貨幣でも、インフレになれば切り下げだ。何度も愛したネルーダの少女でも、もしも数十万個のレプリカが通りを歩いているのなら、うんざりするだろうに。古くさい諺で木を見て森を見ずと言うけれど、星を探していて一面の星空に気づかないんだ。今考えれば、ほんとに皮肉。誰とでも一緒でいいのなら、星空なんていらないだろうに。神話の物語がなければ、空に浮かぶたくさんの星だってギリシャっぽくなんかない。

　それを考えると、急に恐ろしくなってきた。もしも俺の心の中にいるネルーダの少女が、俺が期待しているような感じじゃなかったのなら。彼女にとって俺が唯一の存在でなければ話なんて広がるはずもない。どうしよう？

　あるいはその可能性が完全になくなったことを喜ぶべきだろうか。

　彼女は俺の日常や頭の中に窓のような痛々しい穴をがらんと空けた。賞味期限のない視線で窓の外にいる俺を見つめている。幸い彼女がいないことには慣れっこになっていた。時間が地層のように重なっていくと、彼女はゆっくり別のかたちになり、引き続き俺と一緒にそれからの毎日を過ごすのだ。鏡を見れば、自分が老けたと感じるけれど、彼女が俺の鏡の中で青春の面影でいるのも見える。彼女の時間は俺の網膜で最後のかたちとなって止まっていた。ちっとも衰えることなんてなかった。二〇〇五年に、十番目の惑星「エリス」が見つかったことを俺は知っていた。冥王星よりさらに遠くにあって、体積は冥王星よりもちょっと大きいだけ。太陽系の一番遠い端には、もう数十万の冥王星ほどの天体が生まれている。その縁《へり》は絶えず移動し、順序よく並んだ宇宙や九つの惑星しかない太陽系ではなくなっていた。

　そこで問題が出てくる。もし冥王星が惑星でないのなら、エリスはどうなんだろう？　九番目がなければ、十番目なんてない？——だから一緒に「準惑星」に降格したんだ。その意味は、そうなんだ。惑星なんかじゃない。ほら、ネルーダの少女も、寂しくなんかないよ。きみの世界には数十万もの同じようなきみがいて、俺はまだ太陽系にいるんだから。太陽を見ながら光と熱を出しているんだ。


　俺はその若者をどうにかして作り出した。ものすごく遠くから発せられた光が地球に届く時、その光はとっくに古ぼけている。両手で娘の両脇を抱えて、高い高いをしてあげた。娘は部屋の中で浮き上がりながらキャッキャッと笑っていた。頑張って無重力の状態にしてあげて、一秒間の浮遊を味わわせてあげた。それから娘も大きくなったなと感じた。七歳の娘は六歳の時とは明らかに違う。もうすでに心の中で自分の考えをまとめることができる。俺は娘を下ろし、続けておしゃべりした。九番目の惑星の物語を話してあげることにした。俺はゆっくり話し始めた。冥王星は太陽系のはじっこにあるから、人間は宇宙探査機「ニュー・ホライズンズ」を作って探査機が行ったことのない冥王星に向かったんだよ。その時同時に冥王星よりもっと遠いところに向かって進んでいったんだ。

「冥王星よりも遠いところってどこ？」

「うん。とっても、とっても、遠いところ」

「どれくらい遠いの？」

「……本当にすごく遠いんだよ。うまく説明できないけど」

「じゃあ、月への距離よりも、もっと遠いの？」

「遠いさ。何倍も何倍も遠いよ……どちらにしろ、とっても遠いんだ」俺は諦めるように言った。

「じゃあ、すごくとっても遠いんだね」娘は理解できたかのように笑った。「すごく」と「とっても」を重ねると本当に遠くにあるような気がしてきた。頭の中で考えてみた。ニュー・ホライズンズは二〇〇六年初めに出発した後、ものすごい速さで地球を飛び出した。二〇一五年には冥王星とぶつかるほど近くまで行って調べ物をした。これまで人間が計算でしか出すことのできなかったいろいろな冥王星のデータをすべて集めようとしたんだ。それから何十万個ものお星さまのところに飛んでいって、調査を始める予定だった。でも出発して半年ほどすると、冥王星は惑星の仲間から外されてしまった。九番目の惑星だったけれど、そうではなくなってしまった。月へ行くよりもずっと遠いところにある宇宙の軌道を飛んでいた。そのスピードは、もう三十年もうろちょろしている「ボイジャー」一号と二号よりも速かった。でも、永遠にその二人を追い越すことはできなかった。きっと今ごろボイジャー一号は太陽系の端っこを過ぎ、一人でさらに遠いところへ向かって進んでいるんだろう。

「はい。今晩の天体番組、ご視聴ありがとうございました！」俺は一七三億キロの彼方から意識を取り戻した。

　娘を抱えて布団にくるんで寝かしつけた後、書斎まで行き妻に言った。「育ちがはやいね、ほんとに。もう支えきれないよ」

「あなたね、そうやっておしゃべりできる親子の時間って大切なのよ！」妻は視線をパソコンのディスプレイに集中させて授業の資料を作っていた。

「さっきね、冥王星はどれくらい遠いのって聞いてきたよ。きみならどう答えるの？」妻は顔をこちらへ向けようとしなかった。

「だからさ、どう答えるのって？」

「わたしの胸を押さえてるのに何を言えっていうの？」妻は相変わらず振り向こうとしなかったので、俺は手をどけなかった。妻は自分のスライドを作り続けていた。

「どちらにしろ、灯台下暗しだね」手を動かす前にたぐり寄せた。

「いやらしいわね」妻が軽く笑った。

　俺はリビングのソファに戻り、読みかけの小説を読みはじめたけれど、数ページ読んだだけで疲れてしまった。浴室に行き歯を磨きながら考えてみた。地球上の多くの人は冥王星がとっくに九番目の惑星でなくなったことなんて知らないだろう。どこかの教科書には太陽系九番目の惑星とまだ書いてあるのかもしれない。そして生徒たちは順番どおりに数十億キロも離れた星を覚えながら、その上そらで言えることだってできるのかもしれない。みんな冥王星には深い親しみがあるから、惑星でなくなるのは受け入れられないのかも。三百人を超える天文学者が連名で、冥王星は依然として九番目の惑星である、と言ったらしい。でもそれは何の意味があるんだろう——眠る前に考える必要などなかったのに。俺はあぶくを吐き出し、口の中をスッキリさせてから寝床についた。サイドランプを点けて、本を読みながら眠気を待った。

　その時、ふと思った。もし、もともとある宇宙が使い物にならないのなら、新しい宇宙を作り出せばいいじゃないか。そう思うと、心の中で静かにあの若者に向かって言ってみた。ネルーダの少女がいた単純な日々はもう昔のこと。彼女がいない時間は、彼女がいた時よりももっと込み入ってるんだ。だからやっぱり冥王星より遠いところへ行く方がいいんだよ。

3

一九六三年の夏、イギリスの女の子がフランスの海岸でバカンスを過ごしている時、海へ向かって手紙を詰めた瓶を投げた。

ビール瓶の中で静かさに包まれた手紙には女の子の幼稚で柔らかい文字が並んでいた。女の子の連絡先とまだ見ぬ友だちを探す熱い期待が一緒になって。ビール瓶はフランスの海岸沿いを漂い、潮の流れにもみくちゃにされながら最後にはオランダの海岸にたどり着いて、家族と日光浴に来ていた男の子に拾われた。オランダの男の子が勉強した英語は、その短い短い手紙を読むには十分だった。彼は試しにと思い、イギリスの女の子に返事を書いてみた。そうしたらなんと、向こうから返事が届いた。二人は数年間の文通の後に出会い、やがて結婚して夫婦となった。

俺は聞いてみた。「この話、どうかな?」

母さんが言った。「何の物語なの?」

物語がとても順調に最後まで続いたからだ。そうだよなと思った。なんでイギリスの女の子はオランダの男の子に出会ってからレイプされて、最後に殺されなかったんだろう。あるいは瓶を拾ったのが中年のおっさんで、息子の名前をかたってイギリスの女の子に手紙を書いたとか。あるいは別のイギリスの女の子が拾ったけれど、それがクラスで一番嫌われているキモい子が投げた瓶だと気づいたので、かっこいい男の子からの返事だったとわざと嘘をついたとか……

母さんの呼吸はゆっくりとクエスチョンマークをなぞるように音を立てていた。室内は空気がゆっくり流れ、ドアの外では看護婦さんたちが引き継ぎの確認をしていた。薬をのせた小さなカートがギーギーと音を立てている。俺は壁に寄りかかり、ベッドで横になった母さんに向かって物語を話すのだ。それは毎日の午後の日課だった。物語をたくさん話して病室に散った細菌を覆い隠し、気を紛らしながら酸素を吹き出す装置と母さんの手や腕に張り巡らされた管を忘れていくのだ。

別の瓶の物語を聞かせてあげた。

一九九七年、日本で綾乃という名前の女の子が黒潮の季節に瓶を投げた。黒潮の流れに乗った瓶は最後には台東・長濱郷の海岸線に着き、一人の老人に拾われた。その老人は若い頃に日本語教育を受けたことがあり、長いあいだ使っていなかった立派な日本語で返事を書いた。それから二人は頻繁に連絡を取るようになり、しまいには綾乃が台湾まで来て老人の義理の孫娘になった。

母さんがため息をついた。人は意外な出来事を信じるようだが、そうしたことは往々にして運命的なものである。この二つの瓶と手紙の物語は同じことを言っている——遠いところには、信じることができて心待ちにしているものがある。それが遠くかすかなものであるほど、細かいところで繋がっている可能性はほとんどないけれど。わかりやすく言うのは難しいが、それが、運命とは初めから段取りがついているもの、ということを人に信じさせるんだろう。でも本当にそうなのだろうか？

母さんは言った。「あのねえ、最近いつも夢を見るの」

窓の外の太陽は威張り散らすかのように視界全体を覆っていた。地平線の果てまで。部屋の中のエアコンは効きすぎていて、腕や肩までゾクゾクした。この時母さんは俺に夢の話をした。

「最近毎日夢を見るの」母さんは目の周りを指さした。「眠れないの」

「どうかしたの？」

「わかんないわ。でも毎日ドラマみたいに続くの」

「どんな夢なの？」

「はっきり覚えてないわ。あんたみたいな男の人がいて、女の子が何度も出てくるの。親子かな。いつもわたしに話しかけてくるの」

「何を話すの？」

「女の子がわたしを、おばあちゃん、って呼ぶの。その子のお父さんを見ると、あんたが十数歳老けたような感じでね。女の子は時々わたしに今日はパパとどこどこへ遊びに行ったのって言うの。ワンちゃん、猫ちゃんが可愛いって。かわいらしい小さな手でわたしの手を握って話すのよ。わたし聞きたかったわ。お母さんはどうしたの？　どこにいるの？　でもなぜか声にならないのよ。夢の中でまるで寝たきりになったかのようで。まばたきしてるだけなの。体の中に閉じ込められてしまった感じなの」

「俺に子供ができるのかな」フフフと言った。

「そうなの？……そういえば、女の子はあんたの小さい時とそっくりね。あんたの子供なのかもね」

「それだけ？　しょっちゅう会いに来て、それからは？」

「どれも同じ感じよ。昼間は看護婦さんが来てカーテンを開けてくれるわ。窓を少し開けて風通しよくしてくれるけど、太陽の光はいつも暖かいのね。夜になるとカーテンを閉めてくれて、部屋は暗い感じに戻るの。頭の上のランプだけ光ってるけど。時々自分が寝てると思ったり、起きてると思ったりをくり返すの。自分で手足を動かせないから、目を開けるか閉じるかの違いくらいしかないのよ。どうやって食事したりトイレに行ってるのかしら」

「……毎日こうして横になってて、夢が続いてるってどうしてわかるの？」

「そんなの簡単よ。わたしはここで毎日横になってるじゃない。毎日続くんだ、ってもちろんわかるのよ」

「ちがうよ。手足は動くし、自分でご飯も食べれるし、トイレにも行ける。おまけに俺の話がボロクソだって言えるし、毎日続くけどちょっとずつ違うんじゃないの」

「そう？　動くのは夢では目玉だけ。ここでは手足だけ。どっちも部屋の中に閉じ込められてるだけじゃない」

目の前にいるこの人には確かに自分の部屋がある。でも、時間は砂時計のように急速に流れ落ちていた。続けてその夢の内容を聞いてみた。

「全部覚えておきたいんだけど、起きる時にはいつだって何もかも忘れてるのよ」

「でも覚えてるところは連続して起きてるんでしょ？」

「どうやって言えばいいんだろう。直感だけど……あんたと女の子が二、三日おきに様子を見に来るような感じ」その口調はまるで毎日の暮らしはコピーの連続とでも言っているようだった。

「もうその男を俺と思ったらどう？」

「夢でいいのよ。じゃないと孫はどんな子なのかなって思うでしょ」母さんは笑いながらちらりと見た。

「あんたたちが果物を抱えて持ってくるから、わたしは急いでまばたきするの。時々涙が出るほど嬉しいの。大きな手でちっちゃな手を引きながら軽い足どりでわたしの視界に入ってくるの。それから澄ました顔をして何も話さないのよ。ただわたしを見て笑ってるだけ。でも一度あんたが女の子を抱き上げてキャッキャッ言いながらわたしの頬にキスしてくれたけど、今でもその感じ覚えてるわ。リンゴを持ってくる時には、静かに来客用の椅子に座ってしっかり皮をむいてくれるの。リンゴをペチャペチャ食べる音が聞こえるのよ。ペチャ、ペチャ、ペチャって……こんなに美味しいリンゴ、食べたことないわっていう感じで。しゃべるのは少ないけど、機嫌は悪くないみたいね。果物を食べ終わった後で、ナイフをパッパッとかたづけるの。それからわたしの視界に入ってきて手を振って、静かに出て行くわ。まるで果物を食べに来ただけみたいな感じでね」

「辛いの？　二人が何も話しかけないみたいだから」

「そんなことないわ。あんたたちが話をしないのはかえって安心よ」

　あんたたち？

　耳の奥では、かまびすしい鳥の鳴き声がした。エアコンが回るサーという音が沈んでいった。病室の開いたドアから巨大な人影が差してくる。続けて靴底で丸薬を踏みつけ飛び跳ねる音。看護婦さんたちは感情を出さずに体温と排便の様子を聞くのに慣れていた。まるで静脈に打った注射が放つ唯一の質問のように。俺はいつもぽかんと見ている。この部屋で、何が横になっているのかわからないほどだ。わかるのは、看護婦さんたちよりも、俺と母さんの方が早く出ていくっていうこと。

　母さんは夢の話をやめた。俺が夕飯を食いに行ってくると言ったから。

　エレベーターの前で、次に起こるかもしれないことを考えてみた。無表情のまま乗り込んで、1Fを押すかもしれないし、押さないかもしれない。エレベーターの中に数十秒間押し込められ、降りてから、ゆっくりと正面玄関を出ていく。並んだ飲食店を前に何を食べようかと気が滅入るほど長く考えてから、結局コンビニの冷蔵庫の前に立ち、商品の包みをいじってみる。そして最後はブドウパンにインスタントコーヒーと決めるのだ。こんなことを勝手に考えていると、俺の前でエレベーターのドアがすっと開いた。

リハーサルを終えた後で先ほど考えたことをやってみた。自分は回路が決まったＩＣチップに押し込められたような気がしてきた。分岐点は目の隅に映る景色だ。頭の中でやる語りの練習のようなもので、自分で考えたことに縛られているだけなんだ。じゃあ戻ろうか。夕方退勤する顔見知りの看護婦さんに会った。話を交わしたことはない。コンビニの商品棚のところで優しくちょっと照れながら会釈することもないだろう。擦れ違ったけれど、看護婦さんは中華そばと野菜ジュースを買ったのを俺に知られたことに気づいていないのかもしれない。金曜の夜だけれど、デートはなくて、自分の寮に戻って夕食の時間を過ごすみたいだ。しかも、もうどうでもいいっていう感じで過ごすみたい。50ccのスクーターにまたがって帰っていった。ヘルメットはスケートボードをする時のようなもので、銀色のマスクには赤い点々が滲んでいた。麺とジュースを提げて帰って行ったけれど、俺は看護婦さんが部屋に戻ってからのことを考えてみた。真っ暗な中で明かりをつけ、テーブルの前に座って、夕食を並べる。時間を教えてくれる時報の音楽さえもラジオの中に閉じ込められたままで。ツルツルツルと麺をすすり、チューとジュースを飲み込む。途中で考えてみる。今日は金曜なのに自分一人で部屋で麺をすすっている。ルームメイトは出かけてしまった。金曜日が部屋の中で彼女の全身を包んでいく。麺を手早く食べきると、突然だいぶ前のことが遠ざかる雷の音に気づくかのように思い出される。そして飲み残しの野菜ジュースを一気に飲み干す。昔のことを思い出す前に麺を食べきり、テーブルを片づけるのだ。パソコンを開きフリマサイトをのぞき、綺麗なトップスと脇にラインの入ったジーンズに目が行く。続いて靴を何種類も、バッグをいくつも眺めて、満腹感が収まったら立ち上がりシャワーの準備。部屋はきちんと片づけられていて、すべての物が所定の位置でひと息ついている。浴室に入りシャワーを浴び、ノズルから垂れる水しぶきが金曜日の彼女を覆っていく。今日は金曜なのにと思ったけれど、行くところはどこにもない。シャワーの後で待っているのも、はっきりしない彼氏ではなく、まもなく襲ってくる倦怠感。

　こんな感じで語りの練習をして、俺は顔見知りだった看護婦さんの金曜の夜を描き尽くした。そうすると彼女はこの短い文章の中でもう完璧な姿になった。俺は語り手が決めなくてはいけない彼女の容姿と嗜好について細かく描いていない。彼女の幼い頃の記憶と金曜日に一人で過ごす夜の対比にも気を配っていない。彼女は俺とはかけ離れた暮らしをする若い女の子だ。俺はこっそり彼女の暮らしに踏み込んでしまったのだ。明日の朝いつものように俺と母さんの前にやってきて、またもや無表情のまま聞いてくるのだろうけれど。

　簡易ベッドのところまで行き、母さんに言った。夢の続きを聞かせてよ。母さんは目を閉じて頭を振った。口元ではうなり声がかすかに漂っていた。

　窓の外の黒い闇がすべての視界を覆ってしまう。遠くや近くで明かりが光っている。窓ガラスには俺の瞳が映り込んでいた。そして母さんの疲れ切った横顔も。俺は手を伸ばして窓いっぱいにカーテンを引き、中と外の景色をカーテンで区切った。

　数年前、コンビニにペンフレンドを募集する情報誌が並べられていた頃、白々しくも手に取ってめくっていた。相手の住所を書き取り、自分の友だちリストに入れるのだ。退屈な高校時代だった。毎日、英・国・数の主要科目が続けざまに俺の青春をぶち壊し、田舎の高校の時間っていうのは、とてつもなく長くて耐えきれなかった。いつも地理や歴史、三民主義「党国体制下での学校教育を象徴する三民主義の科目は、台湾では二〇〇六年に廃止された」の授業の時には、中学の時に集めた手紙をいくつか手に取って、まじめにノートをとるふりをしながらペンフレンドへの中身を書いていた。手紙は決まってこんな感じで始まった。「最近いつも君のことが夢に出てくるから、手紙書くね……」俺はいつもこうした手紙を作文練習の代わりにしていた。時々相手が俺の筆跡や便箋の色を嫌うんじゃないかと不安になりながら、一枚一枚書いた。そして週末になると原稿を投稿するかのように残らず送るのだ。一度に十数通の同じ内容の手紙を。返事が来るかもしれないと思って一週間ずっと待つのだった。

ペンフレンドっていうのは変な奴だ。手紙の中に住んでいて、俺のことを昔からの友だちのように馴れ馴れしく呼びかけ、お茶飲もうとか食事しようとか長いのを書いてくるのがいる。書き始めると四、五枚にもなっている。なかにはあっさりと最近体調が悪くて長いの書けないからと書いて（生理だろうなって思ってたけど）、最後の一行から下の空白が五分の四も残したままの奴もいる。俺はいつも筆跡が一番汚い女の子を選んで返事を書いた。理由は字が綺麗な女の子は気取っていて、相手にしてくれなくなることが多いから。ひと通りふるい分けした後で、俺は何通かの間をうろちょろする。一度に何人か宛ての手紙の一部分だけ書き、後で繋ぎ合わせるのだった。時間が経ってみると、結局「カレン」っていう女の子と一番長くペンフレンドの関係を続けていた。ほかの娘《こ》はしょっちゅう住所が変わったり、何度も書いたような名前の娘だった（怡君《イージュン》、欣怡《シンイー》、雅婷《ヤーティン》、雅雯《ヤーウェン》、淑芬《シューフェン》とかだったかな?）。高校時代には、だいたい千通くらいの手紙を出した。数えてみると毎日手紙を一通は書いていたことになる。戻ってきた手紙は四百通近くだったから、平均して三通に二通は行方不明だ。たぶん引っ越したとか、死んでしまったとか、もしかすると俺が名前や住所を写し間違えたからかもしれない。要するに送った四割の確率で戻ってきて、さらに返事を出した後になるとそれが徐々に下がり、三回目が山場だった。三回目を越えれば続いていき、越えなければそこでおさらばなのだ。そして新しい目標を決めるのだった。カレンだけがぶれずに聳《そび》え立ち、風雨に遮られることもなく俺と手紙をやりとりし続けた。

　母さんが眠っている途中で目覚めた。ほの暗い病室では、点滴のカートが動く時の音に驚いて目覚める人などいなかった。横になって母さんに視線をやると、背中の曲がった体はまるで七十過ぎのおばあさんだった。歩く時は震えながらふらふらしていた。カレンが最後に手紙を寄こしてくれた時、父親から性暴力を受けていることが書かれていたのを思い出した。俺はそんなことあるわけない、嘘っぱちだと直感的に思った。デタラメだと。数日考えてから、やはり返事を出した。でも手紙の内容は全然彼女を慰めるようなものではなかった。俺は書いてしまったのだ。興奮した？　どこかで知った「近親相姦」っていうアホな言葉で、タブー破りの快感はどうだった？　と書いてしまったのだ。きみは淫女なんだな。いつでもいいから俺にもやらせてよ。俺は童貞だから、筆おろしになってきみもラッキーだよ、とまで注釈を打ってしまった。今から考えれば度が過ぎた冗談だった。カレンは返事をくれなかった。そして俺の高校時代は終わった。それ以来俺には誰かとペンフレンドになろうという気持ちは起きなかった。母さんが点滴のカートを押して戻ってきた。俺がしっかり布団をかけているかどうか確認してから、ベッドに横になり、ふうと軽くため息をついた。母さんはいつも俺が風邪をひかないように気にかけている。俺は母さんが別のことも気にしているのではないかと思った。病室は再び廊下の小刻みな足音を包み込んでいった。ナースステーションからぼんやり響いてくるナースコールの音、看護婦さんたちの声が部屋に入ってきて、掛け布団の中にいる俺の耳にも聞こえてくる。

もしもカレンが書いたことが本当なら?

そう考えると恐ろしくなった。まるで風邪でも本当にひいてしまったかのように震えてきた。布団の中で縮こまり我慢できずに考えてしまった。もしも彼女が書いたことが本当なら、手紙は奈落の底に突き落とす最後の一撃になってしまったかも? カレンは今元気かな? もしかして前に夕刊紙でカラーの写真や見出しで、仮名を使って記事が出ていたかも? 結局誰もそんなことは覚えてなかった。母さんが無意識にため息をつく時、カレンの筆跡が浮かんでは消えていった。

もしかすると、とっくに手紙の中で暗示されていたのかもしれない。突然そう思ったのは、カレンが寄こした十数通の手紙では、何度も自分の体のことについて触れていたからだ。いつも毎月のように血が流れる下半身に文句ばかり言っていた。真っ黒な血を憎み、「体の割れ目」(これは彼女の造語である)を憎んだ。毎月それと向き合わなければいけないのをひどく憎んでいた。

彼女は縫い合わせたいとさえ書いてきた。

すべて縫ってしまいたい。徹底的に塞いでしまいたい。

俺のようにちょうど思春期を迎えたアホな男からすれば、過激な女の子の狂った戯言のようにしか感じられず、どうやって返事すればいいのか全然わからなかった。その後も手紙の中で学校や家、人間関係についての不満を書き綴ってきた。僅かに残っていたいやらしいイメージは、カレンが書く「毎月流れるくそったれの血」に刺激されることもなくなった。後になって念入りにその手紙を読み返してみれば、自分が間違っていたと思う。彼女は何度も体のことについて触れ、そのことだけで、ほかにはほとんど何も書かなかった。十数通やりとりしたけれど、好きな芸能人も、俺と同じように数学のことで悩んでいるのかもわからないままだった。

カレンはただ、自分の体が憎くて、忌々しい血が憎かったのだ。本当に縫い付けたかったのだ。

それから彼女が最後の手紙で書いた「パパがあたしをレイプするの」ということ。ほかの説明は何もなくて、写真があるわけでもなく、その内容を伝える文章が書かれているわけでもない。手紙の中身はただ「あなたに秘密を教えてあげる――パパがあたしをレイプするの」と短く書いてあるだけ。そこで俺はあのような嘲りに満ちたゲスな返事を出して、自分では洒落だとさえ思っていた。カレンは二度と返事を寄こさなかった。俺は母さんに話した瓶の中の手紙という話を思い出した。大海の波間に漂う物語。名も知らぬ遠くの誰かに拾ってもらいたい。外の世界に理解してもらいたい。あらゆる希望が抽出されて遠くの手に渡るのだ。

ボイジャー一号、発射。

続いてボイジャー二号。

一九七七年のことだった。この二つの無人宇宙探査機は孤独にもゴールデンレコードをのせて、太陽系に一番近い恒星に向かって飛んでいった。四万年の旅路の途中で地球外生命体に発見されるのを期待しながら。当時アメリカのカーター大統領は言った。「わたしたちの死後も生き延び、皆さんの想像の中によみがえるでしょうか」。レコードには鯨や赤ん坊の泣く声、海岸に波が打ちつけるものなど自然の音響を入れた。五十五の言語による挨拶もある（その中にはなんと閩南語《びんなんご》もあり、将来的には台湾語と言い換えられるのだろう）。それから一一五個の絵があり、地球の文明を表わしている。エイリアンが賢ければ、バッハやベートーベン、モーツァルト、チャック・ベリー、ルイ・アームストロングを含む世界各国の代表的音楽を九十分間じゅうぶんに聴くことができるわけだ。

三十年越えクルーズの宇宙探査機にとって、一番重要なミッションはほかの太陽系の惑星を探すことだった。衛星写真を撮り、木星や土星、天王星、海王星など人類が一生かけても到達できない極地の様子を人々に理解させるために。飛んで飛んで、終わりのない旅路の中でカメラを取り出しては撮影し、データを地球へ送り続けるのだ。始めから終わりまで歩き続ける旅人のように。次第に太陽系から出て、波動が伝わる端っこを越えて、さらに深いところにある四万年の漆黒へと進んでいく。あるいはもっと遠いのかもしれない。

それ以来、次第に地球との通信は途絶えるのだった。

post card

恐れ入りますが、
切手をお貼り
ください

810-0041

福岡市中央区大名2-8-18
天神パークビル501

書肆侃侃房 行

□ご意見・ご感想などございましたらお願いします。

※書肆侃侃房のホームページやチラシ、帯などでご紹介させていただくことがあります。
不可の場合は、こちらにチェックをお願いします。→□　※実名は使用しません。

書肆侃侃房　http://www.kankanbou.com　info@kankanbou.com

■愛読者カード

このはがきを当社への通信あるいは当社発刊本のご注文にご利用ください。

□ご購入いただいた本のタイトルは？

□お買い上げ書店またはネット書店

□本書をどこでお知りになりましたか？

01書店で見て　02ネット書店で見て　03書肆侃侃房のホームページで
04著者のすすめ　05知人のすすめ　06新聞を見て（　　　新聞）
07テレビを見て（　　　）　08ラジオを聞いて（　　　）
09雑誌を見て（　　　）　10その他（　　　）

フリガナ
お名前　　　男・女

ご住所　〒

TEL（　　）　　FAX（　　）

ご職業　　　年齢　　歳

□注文申込書

このはがきでご注文いただいた方は、**送料をサービス**させていただきます。
※本の代金のお支払いは、郵便振替用紙を同封しますので、本の到着後１週間以内にお振込みください。
銀行振込みも可能です。

本のタイトル	冊
本のタイトル	冊
本のタイトル	冊

合計冊数　　冊

ありがとうございました。ご記入いただいた情報は、ご注文本の発送に限り利用させていただきます。

惑星を探した後、五十五言語の「地球の子供たちから、こんにちは」を抱えてどこへ向かうのだろう。太陽コロナの端を越えて、太陽の西側にある出口の見えない星屑を通り過ぎ、大昔の光とぶつかる。その想像もできないほど遠いところでは、いったい何が隠れているのだろう。

カレンが言った。パパがあたしをレイプするの。

続けてぬくもりも何もない寂しげなところに落ちていった。カレンがあのように言った時、本当は何か慰めてもらいたかったのかもしれないし、家出するのを助けてもらいたかったのかもしれない。その時男の子がそれを直視せず、冗談を言う方を選んでしまったのは、怖かったからだ。そいつはこの世界の裏側が目の前で裂け始めるのを見てビビってしまったのだ。ものすごく怖くて、全身が震えたのだ。今俺が母さんに向き合っているように。母さんの皺の寄った眉間を見てみると、痛みがおでこに滲み出ていた。点滴スタンドにかかる透明な袋はゆっくりとひからびて、ぺしゃんこになっていた。看護婦さんを呼ばないとな。俺はふと思った。母さんは何かメッセージを出しているのかも。一人残されようとしている今、突然自分がまるで三十年にわたって作られてきた瓶の中の手紙みたいだと気がついた。三十年の時を経て、誰かに見つけられ、俺の体に隠れたメッセージを読み取ってもらうのを待っているのだ。じゃあ母さんは？　母さんもまもなくもう一つの空っぽの暗闇に放り込まれ、眠らずに進み続けていく。果てしない旅路の先で、誰かに見つけられるのを待っているのだ。仏だろうか？　神だろうか？　それともアッラーか？　いろいろな神さまが母さんを受け取りに来て、来世まで連れていく。あるいはそもそも次の人生というものなどないのかもしれないけれど。

俺はカレンの手紙をめくりながら、もう一度読み取れるメッセージはないか確かめてみた。

物語をここまで進めると、ちょっと苦しくなってきた。もともと俺の想像でしかない若者だけど、どうやら想像より遥かに物を考えるようだ。文字となり、物語の筋を繋いでいくと、彼の考えはもっとはっきりしてくる。俺はただ彼の口ぶりを借りて、彼の視点から、完全に一人になってしまう前に、病院の中で母さんに付き添った記憶を思い返しただけなのだ。でも、どうして物語を進めていくと彼と母さんは夢について語れるのだろうか。俺が自分と娘のことをなぜ夢の中に投影してしまうのかもわからない。調和のとれていない光のようで、その世界で俺はただ母さんの夢の中でのおぼろげな人影でしかなかった。ネルーダの少女よりも前に、人々は九番目の「惑星X」があることを予想したけれども、まだ姿を見たことがなかったかのように。太陽系も八大惑星があるだけでは、宇宙もわりあい簡単なものなのだ。複雑なことがもっと多くあるのもわからないわけだ。

それからペンフレンドのカレン。本当のことを言うと、俺はペンフレンドに手紙を書いた経験など一度もない。そんなものがあったということや細かいことについては友だちから聞いたのだ。それはまるで自分で考え出した記憶の回路に装着させた、実際とは異なる仮の記憶のようなものだった。高校生の頃、何人かの友だちで作文の上手な子を持ち上げて「張先生」に手紙を書いたことがある。自分は根暗でデブな女の子、しかもオナニー大好き。友だちはいないけどパパに犯されました。思春期を迎えた男子高校生は夕刊紙の記事やエロ漫画から抜き取った内容を貼り付けて、自分ではものすごく知恵を絞ったと思いながら、人が読めば毛嫌いするようなモンスター女子高生を作り出した。その友だちは作文コンクール優勝の才能を発揮して、涙声で訴えるような驚くほどの物語を作り上げた。数日後、彼は張先生の返事を持ってきて皆に見せた。俺たちは頭をぶつけるようにして「陳先生」と署名された張先生の返事を読んだのだ（どうして「張先生」が自分で「陳先生」を名乗るのかよく理解できなかったけど）。手紙にはこう書いてあった。

「それはよくないですね。然るべきところに報告して適切な対応を取ることになると思います。くれぐれも自分を責めないように。自分が悪いわけではないですよ。自慰するのは健康な行為です。先生も時々自慰でストレスを発散させます！……でも、いま一番大事なことはお父さんを驚かさないこと。もし不快に思うようなことがあれば、その証拠を集めるように（お父さんが使ったティッシュペーパーなど）。そうすれば先生は助けられますから！」

　俺たちはその時オナニーが健康の証しだということがよくわかっていなかった。それに「もしお父さんが直接、中に出してしまってティッシュが要らなかったら」どうするの、と聞くことも思いつかなかった。その手紙は当時の漫画雑誌を完全に凌駕し、クラス全員の男子生徒が回覧する珍品となってしまった。数人の女子生徒でさえも、もじもじしながら読んで、キモいと言っていた。作文がうまかった同級生は俺たち数人がはしゃいでいるうちに、すぐに二通目を書き始めた。その内容はより激しかった。今回はモンスターの生理が来なくて、すでに一カ月以上も遅れていて、妊娠してしまったかもしれないという芝居がかった話だった。そして、張先生の二通目の返事は「林先生」に名前が変わっていた。でもそれは友だちが言ったことで、自分たちはその手紙を見ていなかったけれど。この芝居がはねたのは友だちのお母さんが林先生からどうして連絡が来たのかと不思議に思い、開封してしまったからだった。友だちはすぐに自分で適当に書いてふざけていたと男気に満ちた嘘をついた。ほかの生徒が連座して処罰される危険を一人で引き受け、すべてがあかんべえをするようにうやむやに過ぎていった。

カレンを思い出し、憂さ晴らしをするところがどこもなかった青春時代が迂回するように出てきた。俺たちは確かにあのデブで根暗なオナニー好きモンスター少女を集団でレイプしたのだ——たとえそれが想像上のモンスター少女だったとしても。俺たちは無邪気な悪意で見知らぬ人の誠実な思いやりを潰してしまった（それは陳先生だったか、林先生だったか、それとも張先生だったのか?）。ただ、そのプロセスの中で、俺たちが初めて人を欺くことの快感や、悪意が引き起こす単純な心地よさを知ってしまったことには気づかなかった。それはまるで自分がまもなく成人の世界に入り込み集団で手淫することに初めて気づくようなものだった。

俺は自分のたまごを探し出して、しっかりと立てた。生まれたばかりの精子がとある卵子と一緒に着床して、娘が生まれてきた。高校生の時から、もう二十年近くが経ってしまった。どれくらい無駄な精液がティッシュペーパーの上に出されただろう。そして俺は今大人になった。こうした物語がぼんやりと頭の中で低く旋回し、渦巻きの方向に向かって考えていくと、一つ一つの渦の中にある偽りの語りにめまいがしてきた。

「寝ちゃったの?」妻の肩を軽くゆすってみた。

「眠っちゃったわよ」妻の声。

「ねえ、自分がほかの人の夢に出てくるの考えたことある?」

「わたし前にあなたの夢に出てきてたでしょ」

「僕が言ってるのは、僕たちはいなくて、ただ別の世界に住む別人の夢の中にいるだけってこと。考えられる?」

「無理かもね――」妻はそう言いながら俺の手を胸元に持っていった。そしてブラジャーのように優しく包み込んだ。手がむずむずして、左右に動き出すと、妻はちょっとだけちからを入れて手を押さえた。

「変なこと考えないで。わたしはここにいるから。ここにいるから」妻は相変わらず俺に背を向けたまま。両手はブラジャーのようにしっかりと包み込んでいたけれど、妻が目を開けているのか閉じているのかはわからなかった。一瞬だけ、ボイジャー一号に映った景色が見えたような気がした。無数のまばゆい光が数え切れないほどの星の隙間をすり抜け、素粒子が衝突する周りでは、プラズマが長く長く走っていた。あと四万年のうちに少なくともエイリアンには見つけてもらえる。地球の子供たちから、こんにちは。その少年は何を見たのだろうか?

カレンの手紙は俺が覚えているほど多くはなく少なくもなかった。内容も違っていた。すべてが「パパがあたしをレイプするの」にひっかかり残ったままだった。カレンのメッセージはもしかして瓶の中の手紙だろうか？　手紙が漂って流れ着いたのは空間的な海ではなく、時間的な海だったのか。あっという間に十数年が過ぎたけれど、いつも自分の高校時代にとらわれていた。カード類や手紙、成績表と一緒にブリキの缶に押し込まれていた。何度も十数通の手紙を読み直した。火であぶって手紙に何か暗号が書かれていないか試してみさえした。でも何も出てこなかった。古びた手紙のままだった。

もしかしたら俺もその後のカレンのことを考えるべきなのかもしれない。看護婦さんの金曜日の夜を試しに語りの練習でやってみたように。ただそう考えてみると、もともと顔を知らなかったカレンはあの看護婦さんのような顔立ちなのかもしれないとも思えてきた。ほかに練習をしてみたわけではなかったけれど、二つが勝手に一つになった。カレンはその後毎日やって来て、お母さんのお通じはどうですか、と聞いてくる看護婦さんになった。その看護婦さんは看護師になる前には俺と文通し父親に性的虐待を受けた女の子なのだ。その時、俺はいぶかりながらも思った。乱倫なニュースの後日談はおそらくこんなにも平凡で、ちっとも芝居がかってはいないのだと。そうだろうか？　金曜の夜の水滴にすべてを包まれた彼女は、至極普通にシャワーを浴びていた。長いあいだ自分の破倫不貞な行為を思い出したことはなかった。前にいつも手紙に書いていたように体の割れ目を縫い付けてしまうこともなかった。性転換して男根やそれを取り付けた変人を毛嫌いすることもなかった。少女の頃には、発育盛りでどうにも追いつかない感情の装置が壊れ、残念にもかすかな気持ちが残っただけだった。それが別の人生を歩ませることもできずにひっかかったままで、崩れかかった自分の肉体を終わらせることもできずにいさせた。最後に彼女は身を投げ、記憶の海をぶらぶらと漂った。無限の可能性に向かって、孤独へと進みながら。

　これで終わり。

　何の解決にもなってなかった。

　結局カレンは横顔を俺に見せただけで、手紙の中に隠された香りや手がかりは、俺には全くわからなかった。

　コリンズだったらどう考えるだろう？　神によってアダムが作られた後で、彼ほど孤独だった人はいないだろう。イヴはまだいない。宇宙の放射線は至るところに放たれていて、地球とは四十八分間に一度交信する。でもそれは決して孤独ではない。彼が月に近づいた一九六九年、カロンのことは全然知らなかった。一九七八年になって冥王星の周辺を回る衛星として発見されたのだから。三途の川の渡し守「カローン」にちなんで名前がつけられた。俺の気持ちはあたたかな乳房と宇宙に漂うコリンズのあいだで揺れていた。彼でも知らないことがあるのだとわかった。彼は俺が絶対に見ることのできない景色を見ている。でも俺たちは確かに絶対的な孤独を感じたことがある。たとえ彼が宇宙空間の方を向いて、俺が自分の体の内側を眺めていたとしても。妻の清潔な髪の毛が柔らかく枕に散らばり、頭の中で漂うさまざまな思いが妻の顔に貼り付いているかのように感じた。俺の鼻はむず痒くなり、くしゃみが出そうだった。大きく深呼吸すると鼻くそが出てきて妻の髪の毛まで飛んだ。鼻くそと妻の髪はまるでカーテンで仕切った二人の気持ちのように別世界だ。俺の目の前は星と星くずでいっぱいになった。妻の世界はまるで何光年も先にある星の集まりで、そこには別の夢の住人が住んでいるかのようだ。大きく目を見開いて俺の世界の方を見ると、それはまるで俺の頭の中に住んでいる人のように感じるのだ。

　でも俺たちがお互いに知っていることには限りがある。言ってみれば、若者とその世界を考え出した後で、もともと四次元の世界だったものが、また一つ次元が増えたようなものだった。俺が彼の肉体について考えるのは白昼夢のようで、その彼はまた別の人や物事を考え出し、一つ一つ進みながら、別の次元を引き出していく。ああ、そろそろこのあたりにしないとな。さらに考えても、きりがない。鼻くそなんて捨てりゃいい。乳房と一緒に熱くなった手のひらを優しく離し、注意深く鼻くそをつまんで、指を曲げて床に向けて弾いた。

　俺の目の前と内側に広がる星空が暗くなっていった。

　コリンズはその時、自分は孤独だと感じなかったという。同乗した二人の飛行士の安全を気にかけていた以外には、楽しくて仕方なかったともいう。わかったよ。コリンズ、そうだったんだね。そして俺は闇夜を抱え、別世界に生きる夢の中に出てくる人になった。

　目覚めた時、カレンの顔が突然目の前に浮かんだ。あ、カレンじゃなくて、あの看護婦さんだ。看護婦さんがお母さんはどこへ行きましたかと聞いてきた。ベッドにもいないし、トイレにもいない。午前中にいつもの検査がありますよ。俺は寝ぼけまなこで辺りを見回し、頭を振ってわからないと伝えた。看護婦さんはため息をついて、戻ったらすぐにナースコールで呼んでくださいと言った。俺はうなずいて、看護婦さんの背中の影がドアから出て行くのを見届けてから、また横になって眠った。心の中では、きみは淫女なんだな、いつでもいいから俺にもやらせてよとつぶやいていた……しばらくぶりの再会だ　こんなにも遠くで偶然に　異郷の地で旧友と　全然捜し出せなかったけれど　獣父はきみと私生児を生んだのか　生めなかったんだな　呪われた知的障害の子だったかもな……それから薄っぺらな布団にくるまると、体がかすかに震えてきた。本当はとっくにカレンのＳＯＳをつかんでいたのに。それなのに、ほっぽり出してしまった。俺は遅刻したタイムトラベラーだ。何も書かれていない手紙を握りしめ、今でもひと言も書けないなんて。カレンの暗い影は俺と向き合ったままだった。母さんがまもなく行ってしまうかのように。その見知らぬ世界に足を踏み入れるのが怖いから、縮こまってぼんやり立ったままで、動けなかった。

　母さんがやっと戻ってきた。体を動かしてきたそうだ。

「じゃあ、そろそろ行こうかしら」母さんは言った。

「どこへ？」

「看護師さんがさっき言ったのよ。一緒に検査を受けに来てって」

　検査だって。

　でも何の検査なのだろう？

　これだけはわかっていた。母さんが旅立つ日は出発の日でもあるということ。その日から俺たちは異なる時空の中を漂いながら、ボイジャー一号と二号になる。別々に銀河の果てを目指し、自分の軌道でそれぞれの星や塵とすれ違いながら、太陽の光と風から遠ざかり、もう一つの光の中へと進む。幸いにも時間はたっぷりある。あと四万年の時間のうちに誰かが俺たちを見つけてくれるだろう。

4

「アメリカの皇帝？」この言い方に母さんは驚いた。そうなのだ。母さんでさえも新聞やテレビのニュースで「アメリカ帝国主義」あるいは「米帝」と略称する語弊のある言葉に気づくのだ。建国以来大統領制をとるアメリカに、皇帝制の伝統など一度もなかったから「アメリカの皇帝」など存在しないのに。

でもアメリカの皇帝は確かにいた。そのアメリカ人とは、ジョシュア・ノートン。一八一九年ロンドン生まれ。一八四九年にはサンフランシスコで暮らし始めた。一八五九年に彼はサンフランシスコ・コール紙にアメリカ皇帝からの詔書を送り、新聞の一面に載せさせた。紺地に金のバッジをつけたぼろぼろの陸軍士官学校の軍服に身を包んだ奇妙なおっさんは、続けて何度も詔書を出した。しまいにはメキシコが無法地帯であると言い、メキシコの庇護者まで名乗った。彼の毎日の仕事は雑種犬を二匹連れて町中にあるどぶの蓋を見て回ったり、電車の時刻表をチェックすることだった。それでもサンフランシスコにある劇場やレストランの多くがこの皇帝のために

ＶＩＰ席を用意し、なかには「皇帝御用達」の看板で客引きするところも出てきた。一八六一年に南北戦争が始まると、風変わりなノートンおじさんは北部のリンカーン大統領と南部連合のジェファーソン・デイヴィスにサンフランシスコまで来て公開調停に応じるよう詔書を送ったけれど、もちろん二人は相手にしなかった。皇帝は一八八〇年に亡くなり、当時二万人以上の人が弔問に訪れたとも言われている。

　母さんはこの話を聞いて狂ってると言っただけだった。そして数年前にいかれた台湾人が手作りの軍服を身にまとい、肩には六つの星をつけて通りをぶらつき最高階級を自称しながら、その挙げ句に自分の妻と子供を殺害したのを思い出した。「だからね」母さんは唾を飲み込んで言った。「頭のいかれた人は本当に多いのよ」目の前で母さんの顔色がどんよりした。顔と腕に傷痕ができ、髪の毛は日に日に薄くなっていた。

　次に娘を連れて見舞いに行った時、娘が言った。「おばあちゃん、どうしてずっと横になってるの？」

「おばあちゃんがまばたきしてるの見える？」

「あたしのこと嫌い？」

「絶対好きだよ。おばあちゃん、絶対に好きさ」

「じゃああたし、おばあちゃんに日記見せてあげたいな」

「どうして日記なの？」

「言えないことたくさん書いてあるの。でもおばあちゃんには見せてあげる」

「秘密なの？」

「そう、秘密なの」娘はうなずいて笑った。

　娘が頭をかしげた横顔は、窓の外を向いていた。車両の中はガランとして涼しげで、電車は街の景色をナイフで切り割くかのように、太陽の光をバラバラにしていった。母さんと病院をまとめて電車の遠く後ろへと置いていきながら、まるで瓶の中の手紙を投げようとしているかのように、ガラス瓶に向かって話していた。海の上の船乗りさんに見つけてもらえますように。娘はいつ頃から日記を書き始めたのだろうか。全然気づかなかった。秘密だと言っていた。どうなるのだろう？　そこまで考えると、俺の気持ちは急に止まってしまった。窓の内側に入りこんで車両の床に差している太陽が、突然冷たく刺すように感じた。娘の滑らかな細い髪の毛を撫でてみた。出かける前にしばってあげた後ろ髪は少しほどけていた。小さな手をとり、自分の手のひらで包み込み、手のひらの温度で冷え切った手を温めてあげた。


　秘密なの。

　数年後、娘はもしかしたら出会い系を使うような女の子になってしまうのだろうか。気ままに若き肉体を無駄にして、男どもの方に流れていくのだろうか。自分を一筋の河のようにして、俺の手のひらはぼやけるように沈んでいき、二度と握りしめることなどできない。見つけられないような速さで、俺が理解可能な世界の背後で一人急速に育っていく。まるで目には見えない獣が娘の体内で嚙みつくかのように。娘の皮膚はピンと張りつめていて張り裂けるかのようで、いつも獣が出入りした痕跡ができている。輝くような髪の毛に、キラキラした爪先、ひんやりした眼差し。いつでも行ったことすらない遠くの場所へ駆けつける用意ができている。娘がこんな風に変わってしまってから、親の手のひらの温かさを探るようなことはとっくにしなくなったのだと、俺と妻は気づく。どうしてこんなことになってしまったのだろうと、俺は絶えず自分自身に問いかける。変化が起きる時まで遡って戻ることはできないのだろうか？

　俺は彼となって、彼の話が始まった。

　再び、がらんとした車両に戻った。午後、女の子の細い髪の毛のように柔らかく終点に着いた。彼は娘の手を握りしめ、優しく眠りこけていたところを起こしてやった。娘は目をこすりながら、鼻先に皺を寄せて何も言わなかった。体を起こして彼と一緒に車両の外へ出て、ホームの先まで歩いていった。

　彼は娘が日記に書いた秘密のことをまだ考えていた。視線は出口の方を向き、押し寄せてくる人の顔が彼の瞳をかすっていく。どの顔にもはっきりとしない細かな感情が刻まれていた。たくさんの顔を一度に見たので、それが誰なのか一人一人の人間として把握することはできなかった。多くの人は沈むように重いスーツケースを引っ張り、足をひきずるように出て行った。唇を嚙んだまま、固い沈黙を引きずった人もたくさんいた。頭を低くして娘を見ると、娘の瞳は生き返ったばかりのように澄み切っていた。小さな足でタイル張りの床を歩き、見た目では何も考えていないかのようにあっさりしていた。どうりで人は慈愛に満ちた視線で子供を見つめるわけだ。子供には大人たちが失った純粋さと幼さがいつも残っている。大人は常にわりと複雑で適切な方へと進む。それはまるで生命の電球で、切れてしまうと人生が真っ暗になってしまうかのように。彼はまた考えた。この人たちは光の見える出口の方に今向かっているのだと。地下深くから上の方にのぼっていき、磨り減って鈍くなった午後の暖かな太陽のところへもう一度戻ってくる。娘の手を握ったままだった。大きい手と小さい手は爪先まで汗が滲んでいた。

　それから娘の可愛らしい手を握ったのはいつだっただろうか。彼はもう思い出せなくなっていた。まるで娘の手がシュッと白く覆われてしまったかのように。彼の手は長いあいだ相手を見つけられず、両手を擦り合わせて暖をとることで、寒々しさを紛らしていた。こらえきれずに娘の日記をこっそり読んでみたくなった。そこには時空をまたぐための謎々の答えが書いてあり、それは娘の口の中に隠された秘密だった。

　彼は泥棒のように抜き足差し足で娘の部屋に入っていった。清潔なラベンダーの淡い香りが漂い、カーテンは部屋の中から逃れることのできない静けさを覆い包んでいた。路地の先で猫が鳴く声がはっきり聞こえた。自分の手は落ち着いて探しものをしていた。狭い机と本棚に日記のようなものは見当たらなかった。引き出しの段にはメモ用紙の紙切れと色鉛筆があったけれど、書き残しはなかった。彼は部屋を見渡した。枕や布団はどれも所定の位置に置かれていて、衣服は丁寧にクローゼットにしまわれ、きちんと分けられていた。部屋の様子を見ただけでは、親が心を尽くして整理整頓した部屋だろうと疑うほどだった。でも、それは娘の部屋だった。これまで中に入り、娘が衣服をたたんだり、引き出しの中の文具を並べ替えたりするのを手伝ったことは一度もなかった。このように目の前のすべては、淡いラベンダーの人工的な香りを漂わせながら、太陽の光はカーテンの外に遮られたまま入ってこなかった。呆然としてしまい、目の焦点が全然定まらない。それから突然思い出したかのように部屋を出て、そっとドアノブを回した。部屋の中はもう一度女の子のすべてを包み、彼を外の世界に閉め出した。

　彼は感じた。自分は娘の部屋さえも入ってはいけないと思うのだろうか。どうして娘はこんな風になってしまったのだろう。

　本当にわからなかった。

　そして彼は時々妻のことを思い出した。お互いに長いこと会っていない。連絡も取り合っていない。ふと妻のことを思い出しても、娘の母親だとどうしてわかるのだろう。彼は何人ものガールフレンドとの古びた記憶のあいだでさまよった。どんな女の子で、どんなふうに付き合ったのか混ぜこぜになっていた。夜市へ行って一緒に揚げ出し大根もちを食べに行ったことと、バッグを一緒に選んであげたことをごちゃ混ぜにしていた。そこに突然娘が現れて記憶のパーツの中で貼り合わされ、一人の女の子となった。

　娘がいるという意識のないまま、この子を育ててきた。好きになれないような世界に住む大人になるまで、娘をゆっくり一人で育ててきた。彼は娘と一緒にジグソーパズルをしたり、積み木をしたりした日々を覚えていた。小さくカーブしたピースの線で今にも手を切ってしまいそうだった。でこぼこした積み木は呼吸するかのように、記憶の中で高くなったり低くなったりした。彼は娘の小さな手をとり、ほら、ほら、と繰り返し話しかけた。娘が大きく手を振るのが見えた。完成間際だったパズルをバラバラにして、お城の壁を押し倒した。そしてもう一度最初から作り始めるのを見ていたのだった。

　彼はいつも自分が父親としてふさわしくないのではないかと感じていた。娘を抱きながら、こんな幼く小さな生き物がどうしてここにいるのかといつも感じるのだった。猫や犬だって大嫌いなのに。自分がいるこの時代が壊れかけ崩れていくのがはっきり見えた。邪悪な時間が、見えたり見えなかったりする視線の中で溢れていくのがわかった。それでも娘に対しては、グレずに歪まずに育っていくことを期待するのだろうか。彼が娘を小説に仕立てようとするなら、娘のさまざまな可能性を徹底的に描き出すのだろう。まず不良を演じさせて、過ちに気づかせる。罪滅ぼしすれば、自分だって助かるのだろうか？　こんなことを考えていると、彼は本当におかしく思えてきた。大の大人が何もせずに娘のそばで頭を悩ませている。自分を引っ張り出して、遠くの方から娘と自分を見ようとしているだけ。そうすることで苦しさをちょっとでも忘れることができるのだろうか。悲しいことがやって来ても、すぐに破られてしまう防御線の向こうに避難していられる。脅しがやむのを眺めながら。結局こうしたことは頭の中で考えたことに過ぎないのだけれど、娘が大人になって家を出て行く時は必ずやってくるのだから、小説の世界ではなく、小説で書けるような内容でもないって思うのだ。娘は生き生きとして物を考え、それ以上に人を愛し、また恨むような人になった。

だいぶ後になって、彼は考えてみた。自分の娘はおそらく体を売るようになるのだと。彼は若い頃にセックスワーカーたちとともに抗議運動したことを思い出した。売春婦たちの小さな部屋へ足を踏み入れ、彼女たちの話や不安、憤り、号泣を耳にした。遠い異国からやって来た黒人の売春婦もいた。彼女に付き添って別の町まで行き、売春婦の大物女性にお線香をあげるのを手伝った。たどたどしい英語で会話をしていると、次第に彼女の事情についてわかってきた。彼女は七千人の男とセックスし、アナルセックスのためにホールまで入れた。たくさんのサービスを提供するために。警官と同居していたけれど、道ばたに立って客を引いたのだ。国のふりをしている荒唐無稽さを笑い飛ばすため、彼女の体に警官を自由に出入りさせていた。嘲りでもって偽りを叱責するために。人体と政治体の隠喩は彼女の行動に浮かび出ていた。彼女の膣では公私の境が対峙した。彼が彼女に付き添っていたあいだ、こうした社会学的な字面が絶えず頭に浮かんできたのだ。同時に自分では理解できない考えの虜になってしまっているのではないかと困惑した。適切に考えることができず、言葉でもって感情を表現することができなかった。彼は言葉を使ってこの世界が自分に与える感受性を訳し出したかった。彼の世界では皮膚で感じ取れるほどしっかりした感情を書き出すことが必要だった。でも何年か経った後で、相変わらずドアの隙間から自分の娘をのぞいていた。ずっと狭い視野で目では見えない継ぎ目や脈絡を想像するかのように。それはまるで書き終わらない小説のようだった。

指を叩いて書くのをやめた。キッチンへ行き自分で冷たい水を注いで飲んでみた。妻はちょうど洗濯物をたたんでいるところだった。娘はクラスメートの家へ遊びに行ってしまった。めずらしく二人だけで家にいる。妻の慣れた手つきの機械的な反復動作を見つめながら、自分がさっきまで書いていたまとまりのない筋書きについて考えていた。まるでダメ――妻が自分から離れていき娘が売春をする。いったい何なんだ、これは？

「ねえ、あの子が大きくなった後にどうなるかって考えたことある？」

「同性愛になったらどうしようとでも言いたいの？　どうってことないわよ、よければそれでいいわ」

「もっと深刻なことでさ……」

「援助交際？　それとも売春？　あなた、ほんとくだらないのね。そんなこと考えてる暇があったら、たたみ終わったのしまってよ」

しぶしぶ妻のところへ行き、山になった服を抱えて部屋に入った。妻も俺の後に続いて入ってきた。妻の胸は俺の背中にぴたりとくっついて、ひそひそと耳元で囁いた。

俺はさ、そうだよね、そんなことくだらない話だよね。

それとも娘が戻ってくる前にさっさとそんな問題にけりをつける方がいいのかもね。

途中省略

そうなんだ。結婚した夫婦はセックスの後に横になってかったるくしている時だけ、まじめに深刻な問題を考えることができるのだ。だから妻が言った。「あの子が出会い系なんてしたら、わたしたぶん自分を恨むわ」

「じゃあ俺も自分のこと恨むかな？」

「あなたのことも恨むわ」

「どうしよう……」

「じゃあ今から教えなさいよ！」

「あの子が同級生のお父さんに何もされてないってどうしてわかるの？」

「あんたのアタマ、何考えてるの！　まったく」妻が叫んだ。「じゃあさっさと迎えに行きなさいよ！」そう言うと自分で笑い出した。

実は娘の悲惨な将来が虚構だっただけでなく、母さんなどもとっくにいなかった。寝たきりの年をとった母さんが俺に説教するなんて。妻だって会ったことがないのだから、娘はなおさらだ。でもどこか変だった。毎回娘を連れて母さんに会うシーンを考えると、いつも老人ホームで寝たきりの母さんを見舞うことになる。俺はいったい何を考えているのだろうか？　こんな感じで書いていくとどうなってしまうのだろう？

またパソコンの前で文字をたたいた。

彼から俺にまた戻ったのだ。

あの時、娘を連れて一時間列車に揺られて、ゆらゆらと母さんのところへ行ったことを思い出した。果物を買って、埃のない病室で母さんを見舞った。母さんは長いあいだ動くことができなかった。まばたきで判断しづらい感情を伝えるけれども、俺はそれを読み取るのが面倒で、母さんに話を聞かせることもなかった。想定外の感情が出てこないようにするために。俺たちはいつも母さんの視野に入り込んで、来たよということを伝えた。娘と一緒に果物を静かに食べ、食べ終わった後はすぐに帰るのだった。病室を出ていく時は冷静だ。心の中で言うのだ。母さん、そんなに早く死なないで。

　俺にはわかっていた。親孝行な息子が自分の命と引き換えに死に神に頼み込むような芝居とは違うと。母さんが死んでしまうのなら、いなくなることで姿も見えなくなってしまうけれど、俺には別の場所へ行こうとすることを拒む理由はなかった。母さんが早くに気管の機能不全で死んでしまえば、きっと一緒に過ごしたことを悲しむに違いない。それから母さんのことなど忘れてしまうのだ。何年か経つといないのにも慣れ、母さんは毎日瓶底に沈む淀みになり、攪拌するのも難しくなる。そんなことは願ってもいないし、たとえ心の底で早く死んでほしいと思っていても、母さんと一緒にいたいという期待とのあいだで反復してしまう。両方対立したままで。娘の小さな手を引いて帰る時、頭の中にはこんなことが浮かんでいた。

　死ぬのがついにはっきりしてくると、俺はなるべく死を遅らせようとした。自分が死ぬ時まで延ばせないかとさえ思った。その時周りの人は母さんのどうやっても動けない体を見ながら、本当にかわいそうだと嘆くのだ。息子さんとお孫さんも亡くなって、誰も見に来てくれないなんて。でも母さんにはそれがわからない。母さんは自分が息子に見捨てられてしまったのではないか、この世界に見放されてしまったのではないか、あらゆる人から見かぎられてしまったのではないかと思うだけなのだ。呼吸もしていないし、心臓も動いていないけれど、生命を維持する機器はまだ作動していて、母さんに生き続けるよう迫るのだ。もしかしたら老人ホームも困っていて、こんなに大きな粗大ゴミをどうしようかと困惑しているのかもしれない。母さんは生命維持の装置を使い続けるが、料金は払っていない。保険料から支払われているのだろう。それでも人々は面倒がるのだ。

悪い方向に進んでばかりで、リクライニングベッドに寝そべる母さんと幼い頃の記憶に出てくる従兄弟の姿が重なった。従兄弟は生まれてすぐに暗い部屋に入れられてしまった。おじさんのところは何度か行ったきりだけど、いつも怖かった。どのような理由だったか忘れてしまったけれど、俺はその家にしばらく預けられたことがあった。だいたい夏休みの半分くらいだっただろうか。おじさんの家にいて、会話ができない従兄弟と一緒に過ごしたのだ。

俺は低いところから全身が弱ってしまった従兄弟の体を見た。特に視線が行ったのは、彼のくぼんだ頭だった。およそビール瓶一本分くらいの深さで頭の輪郭が見えた。目鼻は曲がり、変な形でおさまっていた。両目でまばたきができるだけで、無辜《むこ》な瞳はいつもみずみずしく輝き、まるで優しい飼い犬のようだった。喉元ではウンウンと低いうなり声が響き、短い首には小さな穴が開けられて、いつも痰を吸引していた。手指は曲がりまっすぐに延ばすことができず、手のひらには手渡すことのできない秘密を長いあいだ握りしめているかのようだった。

その家にいた日、毎日のお手伝いは、おじさんが出勤した後にもともとどのように暮らしていたのかも知らない従兄弟の面倒をみることだった。おじさんは帰宅してから、いつもおばさんと交代で二人で夜も世話をしていた。ある時のことが今でも頭に残っている。おじさんへの電話があった。部屋に呼びに行くと、ちょうど有料アダルト番組を見ているところだった。男女が背後から下半身を激しくぶつけ合っている。おじさんは何も言わず、すぐに自分で電話を受けに行った。そこに残されたのは俺と従兄弟だけ。頭蓋骨に大きな穴が空いた従兄弟を見ると、顔を歪め、目を寄せて、テレビを見つめながらかすかに震えていた。後から考えると、あの部屋の感じは病院のベッドとすごくよく似ていた。従兄弟が横になっているマットと電動ベッドは病院の設備とそっくりだった。おじさんは普段から部屋では小さな明かりをつけるだけで、部屋全体は提灯が放つ大小の光のようだった。光は届くところまで伸びていった。従兄弟を見ると涎を垂らしていたので、ティッシュで拭いてあげた。その時、彼の視線は嫌々そうな感じだった。

　生きたくない。俺は生きたくない、と言った。苦しくて、苦しくて、生きたくない、生き続けたくない。俺は口元に笑みを浮かべながら、彼のくぼんだ頭の線を軽く撫でてささやいた。ほら見て、あそこの人たちぶつかってるよ、もっとよく見てよ。

　俺は時々従兄弟の爪を切るのを手伝った。でも切る必要はそれほどなかった。ゆっくりとした昼間の時間、俺は彼の隣に押し込められながら、いつも曲がった指先を順番に伸ばそうとしていた。でも当然の如くそれはできなかった。そこで俺は従兄弟の爪にかじりついた。おやつを食べるかのように、涎が指先に粘り着いた。彼の冷たく冷え切った指の腹に熱を加えながら、指先から飛び出ているところを嚙んでいったのだ。何度か指先の爪をかじっていると、突然従兄弟の全身の毛を引っ張り抜いているかのように思えてきた。

彼のくぼんだ頭には長い長い手術の後が残っていた。もちろん髪の毛はすべて剃り落とされていて、わき毛と陰毛もなかった。まばらなすね毛と定期的に生えてきては剃り落とされる髭の根元が見えるだけだった。もちろん紙オムツを換えたり、排泄物を処理したりするので、弱々しい男根とキンタマがぶら下がっているのもいつも見えた。股間には少しばかり短い毛が生えていた。体毛はおじさんとおばさんが剃り落としたものだった。俺も何度か手伝ってあげた。おじさんのシェービングフォームを泡立てて従兄弟の顔と股間に塗りつけるのだ。注意深く剃り落としていった。手が震えてしまい、うっかりペニスに赤い筋をつけてしまったことがある。従兄弟は何も反応がなく、麻痺しているかのようだった。

彼はまだ生きていたし、魂も残っていた。でもこの不完全な体の中に押し込まれている。俺は従兄弟にも尊厳というものがあるのか考えてみた。彼は自分の喉の痰さえも取り出せない。毎回毎回雛鳥のように食べさせられて、生きながら苦痛を感じているのだろうか。でも彼は一度も言葉を発したことなどない。ウンウンと口の中でうなり声を上げるだけ。一緒に閉じ込められていた時、いつも部屋の冷房を全開にし、全身を震わせながら有料番組で演じられるさまざまな肌の色の人が交尾する様子を見ていた。股間が爆発するかのように感じ、ちょっと寒気もした。隣にいる頭のへこんだ従兄弟を見ると、彼の両目はゆがみながら、視線がテレビの画面に釘付けになっていた。寒く、沈黙した部屋の中で、俺は初めてオナニーをしてみた。従兄弟のへこんだ頭蓋骨を見ながら、彼がうらやましそうな視線で俺の体を眺めている感じがした。

俺がこの部屋に来る数年前、従兄弟はすでに十八歳の青年になっていた。部屋に入ってみると、彼はまるでマットの上で幼い頃と青春時代のすべてを過ごしてきたかのように見えた。でも、動作や言葉で意思を伝えることはできなかった。変化に乏しい部屋の様子を見ながら、毎日同じような時間を過ごし、日々の区別もはっきりしない中で、嫌になったり寂しくなったりしないのだろうか？

もし彼に選択肢を与えたら、死を選ぶだろうか？

俺は従兄弟を見て、一生こんな感じにはなりたくないと思った。ほかの人に大から小まで介助をさせて、ちっぽけなことにも感謝しなくちゃいけないなんて。午後、昼寝から覚めると、下半身が訳もなく大きくなっていた。俺はそれを撫でながら、はち切れそうになるまでピンと張り、最後にパンツの中で射精した。それからシャワーを浴びて、汚れたパンツを洗濯カゴに放り込んだ。

従兄弟は俺が何をしているのか、わかっているのだろう。従兄弟だって、そんな毎日があったにちがいない。ただ二度と俺とはそうした快楽を分かち合うことなどできないけれど。

部屋の中で、成長していくのは孤独なことだと初めて感じた。

幼い頃は時間が過ぎるのが本当に遅い。夏休みは長くて終わろうともしない。おじさんの家にいたのは二週間ほどだったけれど、まるで二年間のように感じた。子供が時間を感じるちからは一定のラインを越えると区別すらできなくなる。俺はゆったりとした夏の日に、ゆっくり夏の終わりに向かっていった。夏全体が忘れ物の人形のように、時間と世界に隔たれた部屋に置いておかれた。意思を伝えることができない青年と一緒に。時間は部屋の外で進み、時々曲がりながらゆっくりと障害が残った体の中に入り込んでは、不完全なメッセージを添えて伝わっていく。だけど、確かにしっかり生きているのだ。

従兄弟がベッドの上で横になっている時間は、健康だった時よりも長く、死ぬまで続いた。従兄弟のマットは二度も交換したという。葬儀に参加した親戚全員が、植物のような肉親に向かって「ああ、これで彼らもようやく楽になったね」という心情を抱いた。

あろうことか、おじさんとおばさんの表情もそうだった。

あろうことか、俺の気持ちだってそうだった。

従兄弟が死んだ後、青春の時間をわかってくれる唯一の親戚も逝ってしまったと感じたのだった……

従兄弟だったのか。何重にも折り重なる語りの練習。極端なシチュエーションを考えながら、語りの頂点までのぼっていき、物語を無理やり考えるとか、すでに亡くなった人を思い出すとかを自分に課していたのか？　最近、高二の授業で、アメリカ近代史について話したのを思い出した。一八六〇年代の南北戦争の頃、サンフランシスコに「アメリカの皇帝」を名乗る変人がいた。当時アメリカの皇帝は真剣に南北各州の間を調停し、機会があれば対峙した双方に話をつけようとしていた。もしその時に誠意をこめて話しあっていれば、アメリカの歴史だって書き換えられていたのかもしれない。おそらくそうだろう。でも実際にはすでに戦争でもってお互いの考えを正当化しようとしていた。誰がこの狂人のことを相手にしただろうか。授業で歴史の小話として、生徒たちを笑わせようとした。でも誰も笑わない。この変人が当時サンフランシスコとオークランドを結ぶ吊り橋を構想していたことも思い出した。誰も真に受けなかったことは言うまでもない。その後一九三六年に本当に橋ができた。二〇〇四年には、なんとサンフランシスコ市議会が狂人の名前を冠した新しいベイブリッジ建設の承認までしたのだ。

　狂気は一二四年をかけて、まともな理性になった。

　妻は娘を迎えに出かけた。俺は一人で書斎に残って書き続けた。二人が戻ってくるまで、パソコンのディスプレイから離れた。さっき適当に書き綴った物語で、孤独な青年がどうやって病院で病気の母親に付き添うのかあてもなく考えてみた。先ほどの頭の中の時空を跨いだ大旅行で、思考の速度はすっかり遅くなり、だんだんと空白が生まれてきた。そうやってぼんやりしながら妻と娘が帰ってくるのを待っていた。

　二人が入ってきた時、突然感情が走った。「ああ、ようやく僕のことを迎えに来てくれたね」という感覚が俺のすべてを満たしていった。青年の方から引っ張り出してくれて、目の前で轟々と通り過ぎていくダンプカーから救ってくれた。一ミリの差で、顔には風圧が押し寄せ、俺は助かったのだ。

「なんで泣きそうな顔なのよ？」妻は娘の手を引きながら言った。

娘を寝かしつけた後で、夜に思い出した従兄弟のことを妻に話した。

「そんな人いたの？」妻はそう言いながら部屋着に着替えた。

「うん、夜適当に書いている時ちょっとずつ思い出したんだ。もう長いこと忘れてたけどね」

「じゃあ何で？」

「何でもないさ。そんな従兄弟がいたって話をしただけだよ」

「従兄弟は絶対あなたのこと羨ましがるわね！」妻は俺のほっぺたをつねりながら言った。「はやく寝なさいよ！　今日久しぶりに歩いたわ、ああ疲れた……」

ベッドに横になり、俺はいつものように枕元のサイドランプをつけて寝る前に本を読んだ。妻は本当に疲れている感じですぐに寝入ってしまった。顔を近づけて、近いところから猫のような寝顔を見た。鼻息はリズミカルだった。耳元で小声で言ってみた。「バカ」そう言ってから自分の本を読み進めた。でも気持ちは長いあいだ離ればなれになっているあの従兄弟のところに向かっていた。この人の一生は、いったい何だったのだろう。人生の半分を極度に制限された姿勢のままベッドに横になり、口からは絶えず涎を垂らしていた。彼の世界はこの小さな空間でしかなかったのだろうか。時空は曲がり、圧縮した密度で怪しげなてっぺんへと向かっていった。体全体は宇宙が誕生する前か、宇宙が誕生した後のようで、時間なんて存在しない。だから時空はないようなもの。ないものについて話しても仕方がない。

でも意味があるかどうかを考えないで、ほかに何ができるのだろう？　従兄弟は楽しかったのだろうか？　悲しかったのだろうか？　あのような感じで生命の基本機能を維持させたまま無理やり生かされているという感じはどんなものだろうか？……まして自分も長いあいだ従兄弟のことを思い出したことなどなかったけれど、それこそ亡くなった者が人を悲しませるようだった――思い出されるのは生きている時の場面ばかり。続いてすぐに、死んでしまったことを思い出すのだけれど、それはまるでもう一度その人を死刑にするかのようだった。こんな感じで最後まで考えていくと、歴史学を専門とする俺がいつもぶつかる壁に突き当たる。長いあいだ勉強してきたのはそうした死んでしまった人の骨を拾い上げることではなかったか？　こうすることは、自分が知っているありとあらゆる歴史をひと通り処刑して、しかも何度も間違ったやり方でやってしまったことになるのかもしれない。そしてそこから自分の虚構の語りを繋いでいく。娘の成長日記と妻の離婚日記を両方演じるのだ。その空間の中で二人を得体の知れない連中のように描き出すのは、それこそ死刑にすることだった。

　そうなのだ。俺にはこうした反復練習が必要なんだ。ますます手慣れてくれれば、もしかしたら好きじゃない未来や過去も打ち壊すのに十分になるのかもしれない。目を擦り、ランプを消して、妻が背を向けて横になっている方向に寝転がった。妻の腰の辺りを撫で回していると、ぼんやりとした意識の中で別の意識がはっきりしてきた。

「母さん、実はね、そのアメリカの皇帝って死ぬ時すごかったんだよ」

「たくさんの人が見送ったの？」

「そう。すごくたくさんの人が見送ったんだ。二、三万人はいたって。しかも葬儀の隊列は三キロにもなったっていうから、人づきあいがよかったんだね」

「どこかの総統が亡くなったのと一緒ね」

「総統じゃなくて皇帝だよ。アメリカの皇帝が死んだ翌日には、天狗の神隠しがあったんだって。皆既日食。大昔の中国だったら、誰かが官職を失ったり死んだりしたってことだよね」

　母さんはうっとり目を閉じて俺の話を聞いていた。聞き取れない低い声でぶつぶつ言っていた。毎日母さんがベッドの上にいてどこへも行けない姿を見ていると、次第に記憶の引き出しの奥深くからぼんやりとした曲がった体の影が浮かんでくるのだった。もしかすると従兄弟なのかもしれない。十八歳になって車の免許をとったばかりの日だった。ドライブに出て、もうすぐで家だというすぐ目の前の大通りで、トラックが時間を計算したかのように車体を寄せてきた。車はプルタブのつまみのように曲がり、従兄弟はまるまる三カ月も集中治療室に入っていた。おばさんが従兄弟の命を取り留めるよう神さまに必死に祈ったところ、何の憂いも心配もない廃人になってしまった。

　廃人《フェイレン》。ちっとも敬意が感じられない言い方。従兄弟は体全体が中から外まで砂礫を詰めた魂のようで、体は生まれたばかりの赤ちゃんよりも弱々しかった。彼の魂は壊れてしまいそうな体のすべての重さを支えていた。目は覚めていたけれど、意識はずっと寝起きが悪いようにはっきりしないままだった。魂と体が別々の世界にいるかのようだった。目を大きく開けると、重度の意識障害で、大脳がすべて壊れてしまったかのようだった。目を閉じると、目には見えないけれども意識が脳みその隅にとどまっているかのようだった。手先の指を動かす意思も伝わらなかった。もちろん推測でしかないけれど、従兄弟も夢の中でこれが現実なのか夢なのかはっきりすることはできなかったのではないか。

「母さん、阿発《アホア》のこと、覚えてる？」

「植物人間の？」

「ベッドの上で何を考えていたのかな？」

「さあね……いろいろなこと考えるんじゃない。考えないかもしれないけど。あんな事故は人の一生を縮めちゃうわよね……」

「何も考えないのならいいけど、いろいろなこと思うのなら、よっぽど苦しいだろうね。毎日誰かが来て介助して、痰を取って、体の位置をずらして、マッサージして……俺だったら絶対に死にたくなる」

「動けないのにどうやって死ぬのよ？　頑張って生きなきゃならないのに……」

「苦痛でいっぱいだよね！　違う？」

「アメリカの皇帝さんを見てみなさい。生きてる時はどれだけの人が笑い飛ばしたの？　亡くなった時にはたくさんの人が見送って、一万人以上になったんでしょ」

　母さんはますます目を閉じて話すようになり、声のちからも弱くなってきた。

　アメリカの皇帝に話が戻った。

　実はこの奇妙な老人にはまだまだ興味深いところがたくさんあった。たとえば一八六〇年から七〇年代にかけてのアメリカでの中国人排斥運動の中で、何度か中華系移民と怒り狂った暴徒のあいだで衝突を阻止したりした。両者のあいだに立って大声で主の祈りを読んだだけだったけれども。また、たとえば一八六七年には、サンフランシスコの警官が皇帝を精神病院に送り込もうとしたけれど、その時には群衆の抗議にあって、結局老人は釈放された。逆に彼は特赦を出してその警察官を許したりした。一八七〇年に人口統計を取った際には、老人の職業欄には一人だけ「皇帝」と書かれていた。

どう言えばいいのだろう？　アメリカ人っていうのはやはりユーモアなんだと思う。あんなに何年も英語を学んで（いつまでも下手くそだけど）、あれほどたくさんのハリウッド映画を観たけれども（その多くは下品なもので）、彼らのユーモアには及ばない。

ユーモアがあったとしても何もできないし、痛みだって止められないけれど。

体を起こして部屋の外に出てみた。廊下は広々としてひんやりした感じだった。面会時間を過ぎた病院の中は暗くて、どの部屋にも大きな影が半分ほど見える。一番はっきりしている音はエアコンと酸素吸入器。そこに時々混じるのが、看護婦さんが薬のカートを押してくる時のカタンコトンという音とタイヤの重い摩擦音。廊下の途中にあるナースステーションでは静けさを破るアラームが予告なしに響いている。びっくりするような大きな音で、毎回鳴るたびに何か大ごとが起きたみたいに感じるのだ。振り向いて部屋に戻ると、母さんは眉間を少し楽にして寝ながら、ブツブツと言っていた。簡易ベッドで横になる時、自分の意識が従兄弟の部屋に戻っていったようだった。すべてのにおいが今とすごくよく似ていた。

あの時はまだ子供だった。元気な母さんがいて、どう過ごせばいいかわからないほどゆっくりと長い夏の日が続いた。

外の太陽はあんなにも大きかったけれど、でも部屋の中は比較にならないほど沈んでいた。何もしないでいる午後の時間がいつまでも続くかのようだった。

従兄弟は何を考えていたのだろう？

アメリカの皇帝は何を考えていたのだろう？

母さん、何を考えていたの？

5

一番最初の自動販売機は二千年前に古代ギリシャ人のヘロンが発明したという。彼の発明はもともと神殿で水を撒く装置だった。コインを入れれば、自動的に管と繋がり聖水を注ぐことができる。その装置は二千年後に日本人のちからによってパワーアップした。あらゆる物がすべて、ライトアップされた自販機のケースに並べられている。目がくらむようなラーメンの自販機、線香やライターを売る自販機、酒・タバコの自販機、女子高生の下着やアダルトグッズを売る自販機など。どこもかしこも本来の自動販売機の神聖な使い方が無情にも冒瀆されていた。

母さんに言った。どこで聞いたか忘れちゃったけれど、人体それぞれの器官の値段についてだって。健康な体は全部合わせると数百万元で売れるらしいよ。しかもこの人体自販機は抽象的な労働とか知力とかのバラ売り商品は含まないの。それらも加えれば、たぶん数千万元になるんじゃないかな。もちろん年齢や病歴、事故の有無で目減りしていくけど、でも結果として健康に生きれば億万長者らしいよ。こうした言い方にはいつも蔑視の思いを感じてしまう。母さんに夢の中で見た自販機にはどのようなものがあったのかと聞いてみた。母さんは少し考えてから、「痛み取り販売機」を誰かが考えてくれたらいいわねと言った。痛みはギスギスと一番耐え難い。ここが痛くなったりあそこが痛くなったりして、一瞬めまいがしたと思ったら、それが長く続いてしまう。考えてみれば、どの痛みも苦しいから、一番いいのはそれを取り除けること。でも痛みは母さんの側にいるわけではないから、やりたい放題なのだ。時には大軍が行進する歩調で、体のすみずみまで踏み潰していくけれど我慢するしかない。もし痛みの記憶止めクーポンや痛み削減用のポイントカードをボタン一つで買えるなら、どんなによいだろう。

　でも、そんな自販機なんて存在しない。俺たちは苦しみと楽しみが入り混じる記憶の中で最後に完全に消し去られる日が来るのに迫られている。俺はどうだろうか。「もう一回できる販売機」が欲しい。明るく健康だった日と場所さえ覚えておけば、消え去ってしまった後でもそれを頼りに何度も記憶を再生産できて、細かく覚えている記憶の中に自分を置いておける。そこでは、物語は絶えず演じられ、決まった時間に同じような話をして、同じような動きをしていく。そして繊細な感受性のすべてをもう一度温め直していくのだ。何の心配もなく、やり残した仕事もなく、そのあいだで繰り返し永遠に生きていくために。

　しばらく毎日眠る前に祈っていた。翌朝目覚めた時に、ネルーダの少女がいますように。その時、俺たちはまだお互いに擦れ違っていくわけではなかった。一緒にいられる短い一日を大切にした。すべてを抱えながら、すでに過ぎてしまったあの時に戻りたい。彼女の瞳が俺を見つめ、自分が彼女で満たされている時間に浸りたかった。そんな熱い願望が積み重なって、妄想の中で途切れた線に導かれ、意識とは正反対に失われた時間をもう一度捜すのだった。その結果、不眠と睡眠不足の瀬戸際で、波間でしぶきと幻想が打ち砕かれていくようだった。

本当にあと一日だけでいいんだ。この気持ちが執拗に毎日寝る前に襲ってきて、眠気と一緒に俺の全身を包んでいく。あと一日、もう一度あの日の朝に戻りたい。ネルーダの少女が「情熱燃える沈黙のうえに　おびただしい風の心臓の高鳴り」とゆっくり詩を口ずさむのを聞きたいんだ。

完璧な朝だった。彼女の口からネルーダが始まるのは。

あの時、わかっていた。たった一日しかないから、この一日をしっかり使って一緒に何かしようと。この日が過ぎたら、きっと彼女がいない世界に戻る。すべてのことがもう起きてしまって、終わってしまった後の世界に。

一日だけでいいんだ。俺はいつもだらだらと横になっていた。心の底では声にならない叫びが響いた。

返事はなかった。

どうすれば、これまで一度も起きていないことを起きたことにできるのだろう。それが当面の課題だった。インターネットでネルーダの少女に関する僅かな情報を検索したけれど、その名前を使った自分の文章を見つけ出せただけだった。天文学的な数字とビットに埋まり、非常に複雑な配列の組み合わせの背後で、彼女はほとんど消えかかっていた。まるでそれまでいなかったように、まるで俺が遥か彼方から思いを馳せている不完全な線のように。でも、確かに前に部屋のことを話したことがあった。彼女の部屋で。

部屋に戻ろう。

俺には初めから自分の部屋がなかった。でもネルーダの少女が言ったことは覚えている。「ウルフ、自分だけの部屋よ」うだるような夏の日だった。初めてネルーダの少女の部屋に入り、ドアのところで見回した。本棚と机の上にはうずたかく本が積まれていた。彼女は言った。自分一人の部屋を持つことができたら、最初に連絡したいのは自死したイギリスの名作家だと。別れた後で、俺は隣の部屋に行き壁を隔てて、こそこそ聞こえてくる小さな物音を注意深く盗み聞きするしかなかった。ネルーダの少女はもうドアを開けてくれなかった。

あの時に戻り、どうして俺が彼女の部屋から出ようとしたのか、はっきりさせておくべきだった。という気がした。あらゆるホラー映画で、いの一番に出てくる鉄則「すぐ戻れると思うな——おまえは二度と戻れない」を侵してしまったような気がした。俺は自分がちょっとのあいだ、一時的に彼女の部屋を離れているだけだと思いたかった。それなのに、それ以来部屋の時計と俺の腕時計は少しずつずれていく。ゆっくりと二つの世界まで広がり、もう二度と戻れない。だから毎日寝る前に妄想してしまうのだ。あと一日だけ、という願いは本当に完全な絶望と同じ妄想だった。

部屋に戻ろう。

その日、目覚めると、俺はわざとぐずぐずして起きなかった。寝ぼけまなこの目を細めると、ネルーダの少女はもう起きていて、トイレに行ったようだった。サッカーＷ杯の夏はいつも暑くて、疲労困憊だ。彼女はサンダルを引きずって外へ出て行った。プリン二つとバレンシアオレンジを一本買ってきた。ぐずぐずしていると、彼女はプリンの蓋をはがし、そっと一匙一匙口に運んだ。俺のおでこからは汗が出ていた。玉の汗が裸の上半身から夏ござの上に落ちていくのを見ていると、彼女は食べかけのプリンを置いて、バスルームに行って濡れたタオルを絞り顔を拭いてくれた。わざと起きなかったけれど、口角はちょっとだけ上を向いていた。ほのかに笑うのが聞こえたようだった。濡れたタオルを俺の体に滑らせて、熱すぎる体温と染みこんだ汗を拭き取っていった。あの夏の日は特別に暑く、Ｗ杯のドキドキするような蒸し暑さと一緒だった。

俺は全部拭き取る前に、笑い出してしまった。

ちょっと待て。

俺が戻るべき日は一日前。その日は完璧で、俺は完璧な一日の朝に目覚めたかった。ネルーダの詩でいっぱいの朝だ。

俺のところにあるネルーダの少女はもはやそんなに多くなかった。あの夏の日の慌ただしい晩だけだった。だから彼女が口ずさむ、朝が始まっていく詩を特に思い出したのだ。「情熱燃える沈黙のうえに　おびただしい風の心臓の高鳴り」と彼女は言った。この行を聞いた時、俺は彼女の心臓の底に沈みながら、次の行を口ずさむのを待っていた。その切り替わる瞬間。

パッ。

部屋に戻ろう。

今の俺に切り替わる。いろいろなことの後で、俺はもう一度彼女の胸の中に戻った。頭を太ももにのせて、心臓の底で静かに次に続く詩を聞いていた。ネルーダの少女は俺が見つめる視線がちょっと変わったのに気づいていないのだろう。振り返ってじろじろ見るような視線で、まもなく声になろうとする言葉のすべてを見つめていた。書くことで失った残像や幻影をもう一度探したりすることができると言う。だけど、惜しいことに、本当に惜しいことに、こうした幸せな瞬間にいられるのは書いている時だけなのだ。淡くぼんやりした感じで、微妙に調整された明るさ、ねばつく華やかな色の筆跡だった。彼女が口ずさむ文字すべてに色があることに突然気がついた。紅《あか》、黄色、緑、紫、綺麗で華やかな文字は俺の目の前で漂いながら、記憶の奥深くに落ちていった。

疲れたあ。今起きたばかりなのにどうして疲れたなんて言うの、とネルーダの少女は言った。何か夢を見たの？　俺はただ笑っていた。ほほ笑みながら、その後に起こる一切のことを心の奥深くにしまいこんだ。セメント詰めにしてロープでがんじがらめにしてしまえ。一時の比べようにもないほどの弱々しさが、突然臨界点を突破することなんてないのだから。俺は心の中で言った。本当にようやく、やっときみの目の前に来ることができたのに。きみのネルーダを聞きながら、あの時と今を比べてみた。声は落ち着き、ずっと続きそうだった。眠気が襲ってくるまで。それから俺は言った。「朝ご飯でも食べに行こうか」。あの時、一緒に朝ご飯は食べなかった。その時に間に合わなかったこと、できなかったことで、それから彼女がいなくなった日々を埋め合わせることができればいいのに。

俺たちはのろのろと出かけた。夏の日の朝はもう路面が焼けるように熱く、風も吹いてこなかった。出かけてから突然ある考えが頭をよぎった――俺はこんなことをしていていいのか？　後から考えてみればあの日というのはものすごく痛々しかった。もともとちっぽけな記憶だったけれども俺に何度も咀嚼されて本当に痛々しかった。今また増えていく。これからあの店に行くたびにネルーダの少女とのことを思い出すのだろう。この先一人で同じ店に行き、昔のことを思い出しながらあの日と同じ二人前の朝食を頼むのだろう。そして最後に一人で寂しく全部食べきる。まるでもったいぶるかのように、話し始めるのを待っていた。俺は言った。本当はね、腹減ってないんだ。お昼にまとめて行こうか？　彼女は言った。お腹ペコペコなの。よし、じゃあさっきのとおり朝ご飯食べようか。

母さんはたまご巻きと豆乳がいいと言った。俺は歩きながら思った。母さんはひと口食べるだけだから、自分のはちょっとにしておこうか。病院の向かい側の店はおばさんたち三人でやっていた。離婚した学生時代のクラスメートたちが一緒にやり始めた副業のような感じだった。子供の手がかからなくなり、もう自分で登校できるようになったというような母親世代だった。俺はいつも思う。誰か朝食自販機を発明してくれればいいのに。作りたての熱々サンドイッチやたまご巻き、豆乳を買い求める人の相手をする必要はなくなる。そうすれば、店員の呼びかけや笑顔に戸惑って何を頼もうか迷う必要もないし、後ろでいらいらして待っているお客さんの挟み撃ちに遭うこともない。

結局たまご巻きと豆乳を買って帰り、自分では何も買わなかった。母さんがまばたきをしながら聞いてきた。「おにぎりは？」ないよと言った。口の中で米粒を嚙みしめる味わいが懐かしいらしい。母さんの心の中は、たったの十分で変わってしまった。たまご巻きと豆乳はまた俺の胃袋に入ることになった。口の中は口内炎だらけで、毎日アイスキャンディーを二つ舐めて腫れをとる。アイスキャンディーを食べることが許されているのかどうかはわからないけれど、でも子供として、食べなかった朝ご飯を代わりに平らげたり、舐めたいアイスキャンディーを買って来ることなどたいしたことじゃないと思う。毎回もたもたしていて気温も高いから、溶けてしまって入院着を汚してしまう。口元や顎下もベトベトになるから、いつも隣で見ながら、ティッシュペーパーを用意して拭いてあげる。ある時、母さんは口内炎が痛すぎて、俺が聞いたこともない遠くの親戚に電話をかけた。その人に頼んで神さまにお願いし、炎症を何とかしてもらおうとした。腫れ上がり、熱をもっていたから、口の中は燃えさかるかのようだった。親戚がどう言ったのか知らないけれど、その時俺の気持ちはやるせなかった——もし神さまが何とかしてくれるのなら、病院に弱々しく閉じ込められている必要もないし、毎日アイスキャンディーを舐める必要もないのに。

　病院で過ごしながら毎晩、母さんの枕元にあるかすかな明かりをつけて、音を立てずに本をめくった。目で文字を舐めていく。一行一行頭の中で場面と情景を自然に作り出し、内心では効き目が出るのを願っている。現実と作りごとの境をあいまいにして、母さんがアイスキャンディーを舐めたり、痛がったり、痛みに耐えたりするのが気になりませんようにと。だから俺は繰り返す。毎日夢の中で母さんを殺し、母さんが死んでいくその一瞬を考えるのだ。死期を遅らせる王妃のような話はいらない。千夜一夜物語のように、終わりのないこまごまとした物語で死が突然やってくるのを防ぐなんて。

　母さんはきっと死ぬ。

　母さんを殺すことを繰り返しながら、確実にやってくる死期を大量のまがい物で新鮮味がなくなるまで刺激していく。それを感じ取れる距離は、セーフティゾーンの内側なのだ。俺を傷つけるものは何もない。

　でも母さんはきっと死ぬ。母さんが若くて生き生きしていた頃を想像した。母さんに言ってあげた。五十になる時に死んでしまうよ。あと三十年は生きる母さんにしてみれば、想像もできないほど長い時間だった。二十歳、青春真っ盛りの母さんは、俺の言うことなんて信じないと言った。未来の息子だってことも信じない。この物語の筋はちょっと大雑把すぎるから、細かい筋書きが必要だな。最後に俺は一冊のノートを母さんに渡した。そこには二十四歳で結婚して子供を生み、二十五歳で二人目を……母さんの未来の歳月を記した年譜だった。だってすべてはもう起きてしまったことなのだから。

　母さんはもちろんすぐには信じないだろう。

　でも一致することが多ければ多いほど、自分がそのように人生を終えるのだとますます信じるようになる。それなら、結末を変えればいい。母さんは五十歳の年に自殺すると。

　目覚めると、母さんは隣のベッドでうめいていた。また一日が始まる朝だ。母さんはやっぱりおにぎりと豆乳のセットを食べたいんだ。俺は眠りから覚めてびっくりした。母さんが自殺するのは夢の中でのことだった。半分になった肺で無理をしながら呼吸していた。体を起こして内側からゆらゆらゆら立ちのぼってくる視線を見つめると、小さなシーンが映し出された。

　ネルーダの少女は俺の隣でまばたきしていた。その時俺たちは猛烈なビル風が吹き抜ける台電ビル［台北市の台湾電力本社ビル］のあいだの路地を歩いていた。彼女は突然俺の手を握った。おやっと思って目をやると、ずる賢そうに言った。「ねえ、わたしって本当にいい子よ、考えてね」その後どこへ行ったのか覚えてない。どうして台電ビルのところを通りかかったのかも覚えてない。俺たちは夏の盛りに路地を縫うように行き来し、太陽の当たらない軒下をめがけて急ぎ、何かの跡を残そうとしているのかのようだった。夜には夜市へ行き、うだるような暑さの夜にはスイカのジュースが必要だった。唐揚げと串焼きを食べ歩きながら、かわりばんこにお互いの口に持っていった。それから冷房の効いていないムッとした部屋に戻ったのだ。昼間ずっと喋り続け、口は夜市の晩ご飯で疲れていたけれども、それでもまだぺちゃくちゃとおしゃべりした。そして唇が彼女の唇を覆うと、俺たちは言葉を止めた。体とべたつく汗で会話をし、口をずっと手で押さえたまま声を立てなかった。

今ひんやりとした病室にいる。ゆっくりと一緒に過ごした時間のかけらを繋ぎ合わせていく。拾い上げた時にはとても嬉しくなることもある。でも傷ついた手のひらは血まみれだ。ガラス越しに見る外の太陽はとても大きかった。まるでネルーダの少女と一緒にいた夏の日のようで。その時病院はまだ俺の地図には載っていなかった。母さんはあちこち駆け回ることができた。俺はまだ幼く、この世界も発育不良だったけれど、ネルーダの少女がちょうど引っ越して来ようとしていた。

彼女が出ていった頃、しょっちゅう彼女の家の近くのカフェで待っていた。夏の日に目覚める孤独な時間を潰しながら、かかってくるかもわからない電話を待っていた（かけてきたことなど全然なかったけれど）。待つというのはむしゃくしゃして焦るものだ。無理やり行をなぞるだけで、ぼんやり暗い明かりをつけながら、爬虫類のように単純に胸の中で計算をくり返す。桁などどうでもいい。数も重要じゃない。ただここで彼女を待っているのだ。彼女はそれを知らない。俺はいつも変に思う。友人たちはいつ俺のことを考えたりするのだろうか？　ネルーダの少女はいつ俺のことを思ったりするのか？　こんなことは聞いたことなんてないけれど。逆に言えば、俺はいつ友人や彼女のことを考えるのだろうか？　過ぎてしまったことはいつも湿り気があるように重たくて、すぐに乾いたとしても、柔らかくしなやかには戻らない。でも時々すごいことだってある。すごいことが起こる時は、それが最高の出来だと思わないけれども、一瞬にして終わってしまう。消えてしまうのだ。残ったものはどれも雨のような塵と響きで。

　母さんとネルーダの少女が一緒になって夏にやって来た。でも同時に俺から離れていった。後から振り返ってみると、その夏に、冥王星が九大惑星から外れた意味がだんだんとわかってきた。

　冥王星は相変わらずカロンを連れていた。ゆっくりと準惑星から外れていき、太陽系唯一の二重惑星となった。

　それから俺は双子の物語を思いついたのだった。

　十歳の時、母さんは双子を妊娠した。

　二人がビニール袋のようなものにくるまれていたことはまだ覚えている。理科の実験室にある標本や家の戸棚の隅っこに置いてある透明な瓶詰めのようなものだった。境目がぼんやりとした浮遊物で、それは生きているようでもあり、また死んでしまったかのようでもあった。あの日母さんはとても大きなビニール袋を提げてきて、二人の弟をくるんでゆっくりと家に帰ってきた

（二人と言えるのだろうか？）。路地の角で母さんが前かがみになりながら歩いてくるのが見えた。肩にかけながら服の皺がたくさん寄っていた。母さんが提げてきたビニール袋はまるでホールチキンの鶏肉料理か、結婚式のパーティーで残った鍋料理のようだった。透かし扉の玄関ドアに寄りかかりながら母さんの帰りを待っていた。うだるような暑さの午後だった。緑色の目をしたハエが何匹かドアの隙間から入り飛び交っていた。俺の目は小さな穴から母さんが近づいてくるのを見ていた。母さんが口笛を吹いていたかどうかは覚えてないけれど（口笛は吹けたんだっけ？）、どちらにしろゆったりとした気分でドアを押し開けて入ってきた。籐椅子に腰掛け、右手に提げていたビニール袋を軽々とテーブルの上に置いた。近づいて見てみると、赤黒い液体の中に、小さな小さな足とかたちの曲がった手のひらが見えた。顔を上げると、母さんが肩とふくらはぎを叩きながら、手を左右に振って言った。「縁のなかった弟よ」頭を下げてテーブルの三分の一を占めていたビニール袋を見つめた。母さんが言うことはよくわからなかった。

　母さんは言った。「双子ちゃん、可哀想ね……」そう言いながら自分の足や腕を揉んでいた。まるで長いマラソンを走り終わった後のように。手を伸ばしてビニール袋に浮かんだ肉のかたまりを押してみた。二人はここまで頑張ったけれど、死んだかたちでこの世に生まれてきた。死に切れていない感じで、まして前の人生を完全に終えてはいないような感じまでしてきた。

　前にネルーダの少女にこのことを話したことがある。パソコンで綺麗な服を見ながら聞いてきた。「その時怖かったの？」

「普通だったら怖いよ。でも母さんがアイスクリームを食べながら暑い暑いと言ってたから、急に怖くなくなったんだ」

「成長してない赤ちゃんよ！　バロット［孵化直前の卵をゆでたもの］よりキモかったんじゃない？」スクロールしながら目を離さずに言った。

「別に食べたかったわけじゃないし」

「何よそれ。ポイントそこじゃないわよ」

「え？」

「お母さん変だと思わなかったの？　その時にさ？」クリックしてキャミソールを買おうとしているのが見えた。

「別に変だと思わなかったけど。その時母さんどこか不機嫌だなとは思ったよ。だからテーブルの上のものも、あまり重要に思わなかった。それから母さんは俺を引っ張ってタピオカかき氷を食べに行こうって言ったんだ」

「変でしょ！」振り向いて俺を見た。「堕ろしたばかりなら、どうしてすぐに冷たいの食べに行こうなんて言うのよ？」

「わかんないよ」

　目の前にいるネルーダの少女を見ながら、毎回体の中に出してしまって、「できちゃったら、結婚しよう」という消極的な態度で二人の愛情に向き合いたいと思った。彼女であれ俺であれ、積極的にまじめに続けていこうなんて考えはなかった。俺たちは美しくも残酷な夏に出会ったので、俺に光の当たらない暗い角に隠された嬰児の死体を思いおこさせた。そのことを思い出した時は、すでに死んでからだいぶ時間が過ぎていたのに。

　俺たちはそれから一緒にタピオカかき氷を食べに行った。

　料理の残り物のような嬰児の死体がその後どこへ行ったのかという記憶は、何も残っていなかった。それに俺のそれからの人生とはだいぶ落差があったので、記憶の波間に埋まってしまい、ゆっくりと辺境へと流れていってしまったのだ。思い出した時には、母さんが本当に双子を流産したのかどうかも突き止めたくはなかった。

「まだ覚えてるのね、もう長いこと忘れてたけど」

「そのあと一緒にかき氷を食べに行ったことだけ覚えてるんだ。あれからどうなったの？」

「そのあとはね……」

　突然怖くなった。何が起きたのか続けて聞きたくはなかった。母さんに、もういいよ、薬を飲んで休んだらと言った。

　その後は？　それから？　クエスチョンマークが反芻するかのように俺の喉元に何度も浮かび上がり、何度も何度も考えた。縁のなかった双子の弟。生きていれば、今頃は大学に通う年頃だろうか。それなら本当の兄貴だ。家族を支えなくちゃいけないな。どこかへ行ってしまった父親と病院で寝たきりの母さんも含めて。幼い頃に会った従兄弟の兄さんのように。ローンを組んで車を買って、街で何が流行っているかを興奮しながら話し、時々優しそうなガールフレンドを連れて、遊園地とか映画館、マクドナルドなんかに連れていってやるというような感じの兄貴。でも一人っ子の暮らしはそんな感じでは全然なかった。いつもがらんとした家で留守番しているだけで、まるで巨大な虫歯の穴が腐ったような臭気に包まれていて、痛くて耐えられないかのようだった。夢をみない夜に、静かな夜が優しいスピードで音を立てずに騒ぎを起こしていた。何かが俺の枕にはびこり、布団の中で広がっていくかのようだった。そしていつも刺すようなするどい光で目を覚ました。母さんが家に帰ったのだ。

　母さんは熱々の夜食を持って帰ってきた。海鮮炒めの時もあれば、串焼きあるいは鶏の唐揚げの時もあった。ベッドに横になっていた俺を抱え上げて、優しく言った。食べなさい。深い眠りから突然覚め、それは奥深くまで潜水して突然スピードを上げて上昇するかのようだった。俺の頭はめまいでいっぱいで、ぼんやりしていると烏賊をひと切れ口の中に押し込まれた。嚙んで、嚙んで、と母さんは言い、俺のほっぺたを叩いた。冷凍庫の中のグラスに入れておいた氷を持ってきて俺の額や鼻先にくっつけてくる時もあった。うとうとしている暇はなく、母さんに無理やり起こされるのだ。母さんは俺に食べるよう言い、自分では箸を動かさずに黒っぽい液体を注いで、ゆっくりと啜っているだけ。カップのふちを嘗めるたびに眉間に皺を寄せ、まるで咳止めの薬を飲んでいるかのように、飲み込んだ後に舌を鳴らしては、全身の神経が麻痺してしまったようにぐったりしていた。室内は静かで、茶碗と箸のぶつかる音だけが聞こえ、外は真っ暗で街全体を包みこむような眠りが覆っていた。その時俺はいつも母さんの両目に視線を合わせられず、何か見てはいけないものを見てしまったかのように、下を向いていた。

今母さんはいつも頭を下げている。うっかり眠りについてしまっても、夢の中に身を隠すわけではない。体に群がって生きる増殖細胞は、審査の厳しい税関職員のようで、母さんには入国できるビザがなく、合法的なパスポートさえない。母さんはばつが悪いところに留めおかれ、外国の空港で入国もできなければ出国すらできない無国籍者のようだった。目をつぶりながらいつやって来るかもわからない車を待っていて、寂しそうに声もあげなかった。母さんは体を起こして、ひっくりかえった影に向き合う。隣のベッドの人がゆっくりと眠りにつき、付き添いの家族は頬杖を突きながら、疲れたように雑誌をめくり、パラパラという音を立てている。ドアの外に出てタバコでもやろうかと思った。こんなにたくさんの時間があるのだから、どうにかして理由を作らないと。

すべてがまもなく終わるのだろうとわかっていた。いつもこんな感じであらゆる可能性を考えた。短編小説の筋書きを作るかのように。でも何も起こらなかった。その後に起こる感情を考え、それからの気持ちを想像してみたけれども、起きてしまったら一切のことは安全な距離を保ったまま。ゆっくりと後退しながら、遠くから人の顔つきや姿を見ているけれど、自分もその中の一人だった。

母さんに言った。母さん、母さんは今ポケットに一個一個石を入れているんだよ。ずしりと重いままで自分を一番低いところに押しとどめて、水面が波模様を立てずに息を殺していられるか試しているんだよ。ただ母さんは今まで何に対しても動揺しなかったってこと。あの自分で取り出した死体も含めてね。

今、母さんとその二人はふるいにかけた光の中にいる。ものすごく小さなきらめきが時間のプリズムの中に隠れている。

おそらくその後に続く心の痛みはちっぽけな悲しみから来ているのだろう。

何年か後に、母さんが病気で横になってぼんやりとしていた横顔を思い浮かべると、それはまるでインクを滲ませた指先で最後のフレーズを書くかのようだった。インクがちょっとだけスカートと耳たぶにくっついたのに母さんは気づかず、石をポケットに詰め続けていた。

ゆっくりと光の暈に後ろ姿が隠れていった。

そこで俺はネルーダの少女に消えてしまうことについて話してみた。

「もしある日、俺が消えちゃったら君はどうするの？」

「どうもしないわ、生き続ける」

「俺を捜そうとは思わない？」

「ゴミ捨てに出た時、ゴミ収集車の中に倒れてそのまま持って行かれてもわからないじゃない」

彼女の目を見てみた。笑っているのかと思ったけれど、異常なほど真面目な視線が俺を黙らせた。

　ネルーダの少女は、最後はやはり消えてしまった。

　でも俺は今まで彼女にゴミ捨てに行かせたことなど一度もないのに。

　消えるべきは俺なのに、でも消えなかった。俺は自分を消し去ったり、自分で生ゴミになって堆肥用のゴミ箱に入ることはできなかった。俺はきっと回収さえされない使い捨てなのだ。


　部屋に戻ろう。

　この部屋は若者が戻りたがっていたネルーダの少女の部屋とは違う。ここはちょうど、まとまりのないあのお粗末な物語を（またかよ！）書いていた書斎なのだ。そう、この若者がこてんぱんになるように書かないといけなかった。若者の人生を完全に踏みにじるのだ。どこで聞いてきたかわからないようなデタラメな物語をぶち込み、夜になると一人でにキラキラ輝くようにした。俺が作り出す世界は若者が見るものと同じだろうか？　意識がふらっと揺れれば、俺と若者のあいだで上に行ったり下に行ったり、左へ右へと揺れていく。若者は誰かが別の世界で自分の日常を操っていると気づくのだろうか？　人はいつも自分で自分の生き方を握っていると思っている。物語の中でもう一人の男の暮らしを考え始めてから、俺はこのことに疑いを持ち始めた。どちらにしろ、妻だって、コントロールできないのだから。

「太ったみたいだね」

「人のこと言えないでしょ、あなたこそデブじゃない」

「中年になるとみんなこんな感じなのかな」

「こんな感じ？」妻の手が俺の両手をつかんだ。手が妻の胸をつかんでいた。

「大きくなったみたいだね」

「もう意味ないわよ、弛み始めてるんだから」妻も両手を押しのけようとはせず、お皿を洗い続けていた。頭を妻の肩にのせると、妻が言った。「重たいって」そう言うと肩を聳やかして俺の頭を振り落とした。

「あなたって本当に巨乳フェチなのね」俺の両手は妻の胸から離れなかった。

「そう？　かき氷を食べる時に練乳はかけないけどね」

「笑えないわよ。もう何百回って聞いたわ。十年も経つのになんで同じこと言うのよ」

　ほかに何が言えるだろうか。どんな人間も十年も一緒にいると、相手にいくつほくろがあるのかだってはっきりわかってしまう。お互いの肛門だって見たことがあるんだから。「きみのアナルはなんでいつも同じなの。変わったりしないの？」なんて言えるはずないじゃないか。だから言ってみた。「この乳、揉み続けて十年、ほかには何も揉んだことなんてないよ……」

　妻がため息をついた。「くだらないわね、あなたってもともと下品なの？　それとも結婚してから下ネタ好きになったの？」続けて妻が両頬をつねってきた。「誰かあなたの中に入ってるのね。はやく出てきなさいよ！　あなた火星から本当は来たんでしょ？」妻の手にはますますちからが入り、マジで痛くなってきた。でも妻は一向に手を放そうとしない。リビングまで引っ張っていき、ソファの上に放り投げた。俺の頬は真っ赤になり、耳たぶも赤くなってしまった。そして、とっさに猫のように妻の足に抱きついた。「ぼ、ぼ、僕を一人にしないで」妻はちからいっぱい足を蹴り上げ払いのけていった。

　四十にも近い夫婦がこんな阿呆な芝居を演じるのは本当に阿呆らしい。万が一昼寝をしている娘が突然部屋から出てきてこれを見たら、どうやって弁解すればいいのだろう？　先に妻はこのことに気がついたようで、唇の前で人差し指を立てた。俺は体を起こして衣服を直し、外で青姦していて捕まってしまったかのように、至極真面目なそぶりを繕った。

　何もかもいつもと同じ休みの日の午後だった。娘のぐっすりと眠る昼寝は家全体を居眠りさせた。出かけずにおしゃべりすることもなかったけれど、ベランダで太陽の光で蜃気楼が上がる様子を見ていると、ぼんやりとどこか見覚えのあるような感覚に思えてきた。すべてはこんな感じで順調だった。俺の意識は薄くなり、パソコンのファイルにある数行のフレーズや文字、記号のあいだに押し戻されていった。

　ロビーの自動販売機を見つめていた。今までに一度も自販機を使ったことがないかのように、目に入るすべての文字を、飲み物の表示まで細かく読んでいった。本当は、一番好きなのはホット飲料の自販機だ。缶の自販機よりもっと臨場感があるから。ホットコーヒーやホットチョコレートを押すと、コトンと紙コップが飛び出てきて、続けてシューと黒っぽい液体が出てくる。ちょうど八分目まで入ったところで止まりコップの飲み口では薄い泡を立てながら、優しい湯気を出している。透明のカバーを開けて、飲み物を取り出すと、コップ越しに指先には飲み物の熱さが伝わってくる。まるで自販機が吐き出した飲料はどれも、とてつもなく美味しいかのように。でもこんな販売機はますます少なくなった。俺が思うに、おそらく飲料を補充するのが面倒なんだろう。それとも中にゴキブリの巣ができやすいのかな。あるいはコンビニがあちこちに出店しているからとか。それともスピード感を求める世界的傾向が急すぎて、こんな感じでゆっくり飲み物ができあがるのを待てないのかも。

日本は世界で自販機密度が最も高いところで、平均して二十三人に一人が自販機を持っていることになるという。でも考えればわかるけど、俺の母さんが必要としているタイプはないみたいだ。俺が欲しいと思うタイプも。ゆっくり手に持ったホットチョコレートを啜りながら、ロビーの外の真っ暗な空を見た。街灯のほか、建物の窓がホタルの光のように淡く光っているだけ。頭を上げてみると、自分はまるでいつも無自覚のうちに夜空を見上げていたようで、その回数も多かった。今宵の雲は異常なほど分厚く、まるで病院の屋上を押さえつけるかのようだ。いつも同じ方向で地球に面している昔からの星は、引き離されて物語さえもなくなっていく。風が吹いたことなんてなく、足跡はすべて完璧に残る。全部で十二ある宇宙飛行士の足跡だ。地球の外に、こんなにもたくさんの大小の星があるなんて思いもよらなかった。でも人類が安全に到達できるのはここだけなんだ。その感覚はとても奇妙で、まるでどこかのオタクが可愛い子の画像やＵＲＬをこっそり集めて、しかも女の子たちの生理日までしっかり計算しておきながら、結局友だちリストには入れないような感じだった。冥王星の表面温度が摂氏マイナス二三〇度にもなるほど低いことは計算できるけど、でもそれがどんな感じの漆黒の寒さなのか想像することなんてできない。送り出したボイジャー一号と二号は、三十余年の旅路を経て、人間に代わり銀河の極地をさまようんだ。絶えず大昔の光に触れて、それを飛び越えながら。

頭を上げて甘い飲み物の最後のひと口を飲み干して、もう一度空に雲がゆっくり静かに流れるのを見た。柔らかい紙コップを握り潰し、振り返って病院の中へ入っていった。真っ暗な口の中へ向かって。

6

その後、母さんにレミングのことについて話した。

北極近くにいる草食でキヌゲネズミ科の生き物だ。ネット上の画像を見ると、前に飼ったことがあるモルモットそっくりだ。どちらにしろモルモットの茶色で短い毛、こぢんまりとした姿が頭に浮かんできたけれど、これまで見たこともないネズミについて母さんに話してみた。

「レミングっていうのは変な生き物なんだよ。四年に一度、数百匹がいっせいに海に向かって飛び込んで自殺するんだって。考えてみると壮観なシーンだよね、すごいと思わない？」この時頭には百万匹の茶色の背中が海岸線を黒山のように覆い隠している様子が浮かんだ。

「家のネズミが一緒に死んでくれた方がいいけどね」茶色の背中のモルモットが一瞬のうちに毛皮を脱ぎ、どんよりとしたネズミになってしまった。

「いや、ちがうよ、母さん考えてみてよ、科学の実験みたいだと思わない？」灰色のネズミは実験室でよく見かける白ネズミになった。

「実験の授業？」

「そうだよ。レミングは普通一年目は少なくて、二年目、三年目になると徐々に多くなって、四年目には狂ったかのようにあちこちでたくさん生むの。繁殖しすぎたレミングは生き残る方法を探すけど、いつも最後には海に身を投げるんだって」白ネズミの群れが絶え間なく繁殖していく場面が浮かび上がり、海全体が湿っぽいホワイトグレーに変わった。

「どうして?」

「レミングじゃないからわからないよ」

母さんはちからを振り絞って笑顔を作った。このロジックで言えば、先進国で右肩上がりの自殺率、あの手この手で新しいのが出てくる殺人事件、それから環境汚染や止まることの知らない出生率の低下も、人類が人口抑制のために使う破れかぶれの手段なのだろうか? でもこうした休むことのない残虐な行為は数百万匹で自殺するレミングよりもっと複雑でややこしい。この点から言えば、神はもしかしたら俺たちが想像するほど残忍ではないのかもしれない。神は生物に集団で絶滅させ、一人で孤独に死なせるわけではなかったのだ。でも頻繁に入れ違うから、人類はますます独りぼっちで死んでいくことが難しくなっていく。

「前に言ったことがあったでしょ……象だっけ? まもなく死ぬっていう時に自分から群れを離れて死んでいくのは? そうよね?」

俺は答えなかった。

母さんが病気で寝ていたあの頃、何度も実家と病院の間を往復した。病院にいればなんとか落ち着いていたけれど、家に戻ると次々と症状が出てきた。母さんはどこにも出かけられなかった時、テレビを見ていた。病院で、家で、チャンネルを切り替えて、時々昔の映画で、大刀王五《ダーダオワンウー》や獨臂刀王《ドゥービーダオワン》［いずれも一九六〇年代から七〇年代にショウ・ブラザーズが制作した香港武侠映画でのヒーロー］が雄叫びを上げながら斬りかかる場面を見ていた。部屋の照明はいつも暗く、まるで明かりを絶えず落とした白黒の無声映画で、雪片が舞っているかのようだった。母さんの記憶のプリントフィルムはすり切れ、これ以上は自由に上映できないところまで続いていく。そんな時も、俺は偶然なんだと相変わらず思っていた。

「あの子たちに来るよう言いなさい、お母さんが会いたいって」

一瞬わからなかった。「あの子って誰のこと？」

「あなたの弟よ！　どうして面会に来ないの？」

「そうだよね、あいつらたぶん忙しいんじゃないの。大学一年はサークルとかたくさんあるし」

母さんは長い長いため息をつき、弟たちが忙しくて面会に来られないことを本当にがっかりしているかのようだった。

自分がどうして無意識のうちにそのように話を繋いだのかわからなかった。あれから、母さんはしょっちゅう二人の弟のことを話した。双子で俺より十歳年下で、大学に上がったばかりなのだ。

「あの子たちはね、小さい頃、やんちゃだったのよ」母さんの顔に光が差した。そして続けた。

「いつもね、ママ、どっちが誰だかわかるの？　って聞くのよ。わたしはね、ちょっと考えてから、顔と手をしっかり見比べて答えるの。二人は怒り出してね、一緒にしないで、一番上のお兄ちゃんと一緒がいいって言うのよ。ほら、一番上のお兄ちゃん、あなたとっても大事なの」

　俺はそんなこともう覚えてないよと言った（あるいはそんなこと知らなかったと言うべきだったかも？）

「あの頃あなたいつも家にいなくて、遠くの大学に通って、ほとんど戻ってこなかったわね。でも二人はね、お兄ちゃんのあれ、お兄ちゃんのこれって、いつもあなたのことを言ってたのよ。あなたが戻ってくると恥ずかしがって隠れちゃって。わたしはね、毎日二人に引き回されて、全然知らなかったでしょ……」母さんは続けて自分しか知らない記憶の空間に落ちていき、ぶつぶつとずっとしゃべっていた。

　俺には二人の弟がいて、双子。十歳も年下だから、今おそらく大学に入ったくらいだろう。二人は見た目がそっくりの双子の兄弟。生まれた時間はたった三分の差で、二人とも道ばたですぐ喧嘩をふっかけるような牡羊座。二人は母さんに向かってどっちが誰だかわかるのと聞くのが一番好きだった。俺は二人とはまだ会ったことさえなかったけれど、母さんはすでに人生の最期に、俺に二人のことを完全に任せていた。

　それからしばらくして、母さんの口癖の中で自分が一人っ子ではなく一番上の兄さんになっていることにようやく気づいたのだった。

それから、血液に満ちた透明で大きなビニール袋に人が浮かんでいるのを思い出した。二人の小さな手足はまだ完全に成長していなくて、指先は何本かなかった。前世から持ってくることができなかったような不完全な手足が浸っていた。その時二人のことに気づいたのだった。

そして俺はついに二人の兄になった。

「あなたの上の弟はね、考えることが細かくて、女の子みたいだったわ。肌も白くて、小さい時には外に出てほかの子と一緒に遊ぶのが嫌だったの。下の弟は違ったわ。毎日空が暗くなるまで戻らなくて、どこの家の子と遊んでるのかもわからなくてね……」いつもただ聞いているだけだった。どうして母さんは存在しない双子を作り出し、それぞれの身長や体重、外見がどんな感じなのかを細かく言えて、しかもそれぞれはっきりと違うコントラストな性格まで話すことができるのだろう。母さんの口では双子がゆっくりと成長してきた経緯を繋ぎ合わせることができる。幼稚園から小学生にかけて、二人はいつもどっちが誰だかわかるのと聞いてきたと言うのだった。

「本当はね、いつもどっちかわからないのよ」母さんは眉間に皺を寄せた。

「じゃあどうやって当てたの？」

「当てずっぽうよ。そっくりだから。しゃべらない時は同じように見えるの」

「知らなかったな。あの時ずっと台北にいたからね」

「あなた、いつも戻ってこなかったわね。二人ともずっと、お兄ちゃん、お兄ちゃん、って言ってて、毎日一番上のお兄ちゃんはどこにいるのって聞いてきたのよ」

「帰れなかったんだよ。学校で忙しかったからね。帰省するのは金もかかるし面倒だったし」

「あなたそんな感じだから、二人と仲良くなれないのよ」

脳裏にはなぜか双子の兄弟が互いに寄り添って抱き合いながら、もじもじしている様子が浮かんだ。


幼い頃しょっちゅう捨てられた人形みたいに家に一人で置いておかれた。母さんは出かける時にいつも出かけちゃダメよと言うのだった。その家は揺れながら一瞬のうちに広々とした星に変わった。体積が膨張していっただけではなく、温度も次第に下がっていった。家の中はこんなに広いのに、どこに出かけると言うのだろうか。俺はいつも布団にくるまって母さんの寝室にいた。化粧台の鏡を見ながら、もう一人の別人も同じ格好で自分と一緒にいるふりをしていた。手を伸ばして、手のひらを鏡に合わせるたびに、ひんやりとした感じが手の真ん中から伝わってきた。目の前にいる鏡の中の兄弟を見ていた。それは俺が作り出した双子の兄弟で、俺ではないのだ。

双子が成長していく時には、馴染みのあるもう一つのよく似た体が、ゆっくりと中で小さな宇宙ができあがるのを見届けているのだろうか。二人は鏡の中でもう一人の自分に生えた陰毛を見るのだろうか。それは鏡の中の自分を見つめながら、自分の体や肌を撫で回して、リズムよく自慰をするかのようだった。二人はもう一人の自分によく似た兄弟のことを一瞬考えるのだろうか。相手を撫で回すように、自分のはち切れそうな体を撫で回す。それは兄や弟を愛撫するかのようだった。

二人は6と9がひっくり返ったかたちで俺の頭の中に残り続け、頭と足が繋がり始めた。

　向かい合った鏡は兄弟のようだった。二人は向き合いながらお互いの顔やまなざしをじっと見た。同時に肩や頭、肌を撫で回した。置かれていた鏡はどこかへいき、隔てていた境目はなくなり、二人はお互いの鏡の中から出てきて兄弟となった。今二人は震えながら振り向いて俺の方に向かってくる。ちょっとずつ俺に迫ってくる。


「二人の仲はよかったの？」母さんに聞いてみた。

「小さい頃はよく喧嘩してたけど、大きくなったらおとなしくなったわ」俺もそう思っていた。感情もないまま相手の体のすみずみまで撫で回しても、大きくなれないだろう。二人は必ず一緒に成長し、一方の周りで誰からも見つけられないようにしている必要がある。母さんからでさえも。俺からも。一人の人間について知るには、とてつもなく多くの細かな情報が必要だ。体型やしぐさも合わせれば、全体で統一の取れたかたちになれる。そしてそれに名前をつけていく。大量の物語に耐えうる名前にするのだ。母さんが話すことすべてが何度も聞こえてきた……あなたの弟はね、あなたの弟はね、あなたの弟はね……

　でも二人はゆっくりと俺の心の中では怪しげな様子で育っていく。極悪で絶えず行方をくらます化け物になって。それは邪悪な一面を見せる二人だった。

「このあいだ、二人が何かしてるのを見たって言ったね？」

「何か？……」

「そう、重なり合って何してたの？」

「重なり合って？」

「重なり合って何か触ってたって……」

「……」母さんは黙ってしまい、言葉がゆっくりになった。

「二人でおちんちん触ってたんでしょう？」

「何回も言わなくていいわよ。好きならそれでいいじゃない」母さんは頭を低くしてつぶやくように言い返した。

好きならそれでいい。俺がいたずら半分に口から出任せで言った嘘だったけれど、母さんはすかさず話を続けた。俺は母さんがどこまでが限界か試そうと思った——いったいどれだけ覚えているのだろうか？　あるいはどこまで完璧にイメージできるのだろうか？

「上の弟はやり過ぎだったと思わない？　あの子が可哀想すぎるよ」母さんは静かに聞いているだけで、しばらく動かなかった。反応はなかった。

「下の弟もオーバーだよね？」母さんは何か言おうとしてやめた。言い返すかのようだった。

「よく知らないわ。二人がよければそれでいいのよ。小さい時からわたしにはどっちがどっちかわからなかったんだから。よければそれでいいの」。そうか、二人がよければそれでいいんだ。母さんは誰が誰だか本当にわかってるのだろうか？　俺だってわからないのに。二人の名前が何かさえもわからないのに。

「あなただって同じようにわたしに迷惑かけたじゃない。ほら、ガールフレンドの……」母さんは突然話すのをやめた。

「誰？」

「あの子よ。小玲《シアオリン》。小玲だったわよね？　そうでしょ、小玲でしょ？」俺に小玲という名前の彼女なんていたっけ？　母さんはきっと誰かの話を俺の身の上に貼り付けているだけだろう。小玲っていう女の子なんかいないのに。

「あの子、電話かけてきてあなたたちが別れたって言ったわ。あなたに振られたって。大学のクラスメートの誰々とできちゃったから要らなくなったのね。あの子、どうしてかわからないって言ってたわ。あの子、今まで何もあなたに悪いことしてないのに、どうしてそんなふうにしたのよ？　わたしはあの時ただ聞いてただけだったの。わかるでしょう、小玲のこと、わたしあまり好きじゃなかったから……」

「どうして？」

「どちらにしろ、あなたがよければいいのよ。もういいわ」

　そんなガールフレンドがいたことなんて覚えてない。俺に双子の弟がいたのを覚えてないように。俺と母さんだけがいる部屋の中で、二人の世界は今ちょうど母さんの口から作り出されていく。一切のことは言葉のまぼろしの中で作り出されているだけだけど。母さんの時間はゆっくりとたくさんの軌道となって、長く伸びながら過去の時間をくるんでいく。母さんが感じるのは、過去や未来のなかだけなんだ。ちょうど過去や未来で今の時間を消し去っていくようなものだから、俺はいないし、母さんもいない。苦しみながら磨り減っていく母さんの痛みもないはずだ。

「実はね、あいつとはやってけないなって思ってたんだ」ため息をつきながらゆっくりと言ってみた。

「ダメね。わたしはね、小玲が真面目だって知ってたわ。あの子、初恋だったのよ。あなたがもしその気なら、もう一度やり直せばいいじゃない」

「嫌いなんでしょ」

「あなたが好きならそれでいいのよ」

二人は何も言わなかった。母さんはたぶん疲れてしまったのだろう。毎日自分の記憶を使い果たして、でも結局は覚えているのとは違うものだったというのは疲れるものだ。俺はまだ考えていた。こんな馬鹿げたことといつまで話すのだろうか。


「あいつら電話にさえ出ないよ」二人の弟が見つからないと母さんに嘘を言った。

「どこに行っちゃったのかしら？　捜せないのね……」母さんは息づかいだけで元気がなく、吐き出すように言った。見た感じ、本当に二人がお見舞いにやってくるのを期待しているようだ。でもどうやって、どうやってやってくるんだ？　二人は蜃気楼のようなものなのに。幻影の中にできた幻影で、とっくの昔にビニール袋の中で動かなくなっているのに。でも母さんは毎日二人に会いたい会いたいと言うから、無理して話を合わせないといけない。そうだね、そうだね、あいつら忙しいから、どこへ行っちゃったのかな。その時スマートフォンがポンポンと鳴った。メッセージ着信音。最初は電話会社が定期的に送ってくるどうでもいいショートメールかと思った。あいにく俺はゴミを放っておくような奴じゃないから、すぐに削除しようとした時、この見知らぬ番号からのメッセージの頭が見えてしまった。

「兄さん、母さん元気？」

誰が俺のことを兄さんって呼ぶんだ？

既読にしてみた。見知らぬ番号からのメールはたったこの一行だけ。電話してみると留守番電話に直接繋がった。なぜだかわからないけれど、この番号が直接留守電に繋がるのをちっとも不思議に思わなかった。まるで待つ以外ほかにないということを初めから悟っているかのように。どう返信しようかと、しばらく考えた。「どちら様ですか？」なんて素っ気ない言葉はやめて、直接本題に入った。

次は返事があるのを待つだけだった。

一日また一日と続く看病の日々。光と影が始終窓の外で戯れている。カラーのサイレント映画を観ながら、十三階の窓から一つの世界に明かりが灯り、消えていくまでを追っていく。フィルムは足りることなく、カットした映像はファイルに保存するのも間に合わない。何度も現像に失敗した景色が明日にはもう一度現れ、またバラバラになっていく。ウトウトしてから目覚めるまで。三十センチほど離れたところの弱々しい息づかいは母さんがまだ生きている証だ。点滴は相変わらず母さんの血液の中を駆け回り、細胞組織が崖から飛び降りて壊死するのを促しながら、体液の限界に挑戦していく。混沌とした夢の中では考えることさえ難しい。俺が唯一やりたいのは、自分が壊滅する前に、三十センチ先の呼吸を止めることだけ。母さんにいつまでも苦しんでもらいたくなんかない。俺が特に心から悲しめない時などは、母さんの苦痛がますます自責の念を抱かせる。それから俺の思いは向きを変えて情景が変わっていく。声が聞こえたみたいだった。

「兄さん、母さんは元気？」

　鳴り止まないポンポン、ポンポンという電子音で目が覚めた。

　スマートフォンが三通のメッセージを受信した。ショートメールの送信元に電話してみたけれど、やはり留守番電話だった。病室全体が朝方の暖かい光に包まれ、隣のベッドのおじさんとその家族の体には薄くほのぼのとした明かりが広がっていた。朝の光は二人を起こさないほど穏やかだった。母さんはきつく目を閉じているけれど、それはまるで恐ろしい夢にでもうなされているかのようだった。俺は母さんを起こさずに、直接外に出て頭上の青空を仰いだ。

　戻ってきた時、母さんは弟のことを聞いてきた。

「あいつら朝にメール送ってきたよ」

「何で言わないのよ。何だって？」

「同じさ！　見なくてもわかるよ。あいつら最近レポートとかテストとかで忙しいんだよ」

「母親の見舞いさえもできないほど忙しいの？」

「じゃあ自分で聞いてみたら」俺はスマートフォンを持って手を伸ばした。

母さんは手を伸ばして引き出しを開け、折りたたみ式のケータイを手に取った。開いた画面に青い光が走った。母さんは真剣な表情で電話番号を押し、隣の部屋を盗み聞きするかのように耳に強く押し当てていた。たぶん留守電に直接かかったのだろう。母さんはもう一度電話をかけ、そして真剣な眼差しで次の展開を待っていた。

「また留守電」

「後でメール送っておくよ。何も用事がないならそっとしておいたら」

母さんがかけた番号は誰のだったのだろう。最初に母さんは弟たちに連絡してと言ったけれど、それは二人の連絡先を知らなかったということ。朝起きてみたら二人の番号が携帯にあった、なんてことあるはずない。そんな因果関係には興味なかったし、どちらにしろ重要ではなかった。一日中、待ちぼうけとやきもきした気持ちの中で揺れながら過ごしていく。俺たちを揺すり起こすポンポンという音はもう鳴らなかった。

でも何を待っているのだろう。二人はそもそもいないのだし。母さんは痛みが出てきて、あまり食べられないと言った。俺は茶碗半分の温かい白がゆを見ながら、小さないずみ鯛を半分、脂ぎったキャベツをひとかたまり食べてあげた。母さんの視線は全部食べてよと言わんばかりだった。俺は何も言わなかった。目の前に広げた下に敷いていた新聞紙を丸めて、ゴミ箱に入れた。もう何カ月も経ったんだ。もう自助餐館《バイキング》［台湾で病院や大学には必ずあるセルフ式食堂］のぎとぎとした色とりどりの料理で自分の腹を満たしたくはなかった。

「無駄よね」母さんはいつもこう言う。それから上を向いて食後の薬を飲み、ぼんやりしながら次の食事で出てくる食べきれないご飯と飲みきってしまう薬を待つのだった。

メッセージに返事をしようかどうか、まだ考えていた。あの三通のショートメールはまだ開いてなかった。

眠る前、病室全体が空調の優しい運転音にくるまれ、眠気を誘った。母さんが夜の睡眠薬を飲んだので、俺は隣の簡易ベッドに横になって眠ろうとした。生き方を最低限のレベルまで下げるとだいたいこんな感じだろうか。時間通りに朝起きて、朝食。昨夜の八時のドラマと朝のニュースの再放送が入れ替わり、昼食、昼寝。ぼうっとしたり、再放送のテレビ番組を見ながら夕食を待つ。夕食の後には八時のドラマを見て、母さんが眠りにつくのを待つ。俺はろくでもない簡易ベッドの上で眠くて、母さんも今にも尽きそうな体で眠たそうにしている。この建物は実際のところどうでもいいモノやカラダで満ちている。最低のレベルの生き方っていうのは死に近づきながら、三途の川のこちら側で生きていることだ。毎晩いつも簡易ベッドの上でこんなどうでもいいことを何度となく考えた。どうでもいいことのすべてに、一つ一つあだなをつけてみたりもした。そして考えるのだった。もしかして俺の頭から弟たちのことがすっぽり抜けてしまったのだろうか？　それとも二人は最初からいないのかな？　存在しないのならどうしてショートメールなんか打てるんだろう？　三通のメールは既読にならないまま、スマートフォンの中で静かに眠っていた。一瞬メールを全部削除してしまおうかという衝動に駆られた。すぐにメールのことを考えるのは幽霊にでも取り憑かれたからかな？　仮に記憶だけが生きているとして、体の運動能力もなくなっていくと、最後には記憶も死んでしまうのだろうか？　じゃあ記憶の霊魂はそこからゆっくり出てくるのだろうか？

もしかすると覚えているのは記憶の霊魂だったかもしれない。ふわっと浮かびながら。

振り向いて母さんを見た。母さんは俺が入っていけない境目の端っこに閉じ込められていた。夢の中で棘でがんじがらめにされて、全身には突き刺さった痕が残っていた。母さんは熟睡できず、俺は密かに一日も早く長い眠りについてほしいと願うのだった。

目覚めた時、今日はなんだかいつもと違うような気がした。母さんはベッドにはいなかった。点滴と車椅子もなかった。外出用の酸素ボンベすらなかった。長いあいだ感じたことのなかった、眠りから突然飛び起きるような感覚だった。まるで大昔の夢の中から飛び起きたけれども、背中には太いロープが絡みついていて、落っこちていくような感覚。揺れて揺れて、ゆっくり徐々に揺れが弱くなっていくような感覚だった。跳びはねるように起き上がり周囲を見回してみた。外の太陽はとても大きく、明かりが目の中まで届いた。頭の中が真っ白になり、突然起きてから何をするんだっけとさっぱり思い出せなくなった。ただ部屋が気づかないうちに人知れず大きくなったような感覚がぼんやりと残っていた。

昨晩遅く、隣のベッドのおじさんの容体が急に悪化した。主治医と看護師が慌ただしくやってきたけれど、見守る家族に簡単な別れを告げて行ってしまった。病室全体が急に空っぽになった。

泣く人なんていなかった。母さんはこの一切合切を目を細めて見ていたけれど、何も言わなかった。病室が再び暗くなっていった。簡易ベッドに横になった時、母さんが軽く咳ばらいしたような感じがした。とても弱く小さな音だったけれど、窓ガラス全体を粉々にする銃弾のようで、部屋全体の静けさを撃ち壊した。起き出して母さんの喉に痰がからんでいないか確認してみた。母さんの顔はやつれていて、髪の毛はすべて抜けてしまった。全身が骨肉と薬品で混ぜ合わさった実験室だった。これまでずっと自分の美しさを大切にしていた母さんの性格では大きな打撃だったことだろう。ブツブツと言っていた。「やめて……」どうしたのと聞くと、母さんははっきりしない言葉を口の中でつぶやいているだけだった。

　こんなでも生き続けなければいけないの？

　俺は母さんを絞め殺したいという思いを抑え込んで、ようやく隣に寝転がって看病することができた。この気持ちが絶えず頭の中で渦巻いている。簡易ベッドに横になると、そろそろ準備すべきかなと思ったりもした。母さんはちょっとずつ姿を消しながら今にも記憶の中へ入っていきそうだ。母さんが完全に記憶に変わってしまった時、俺は一人になってしまう。でも今、俺はここにいて、母さんはそこに寝ているじゃないか。俺がいるっていうことは、母さんが一人にならない唯一の条件。最低限のレベルの生き方っていうのはあらゆるものを中から消し去っていくことだから、最低限の人生、なんてのもそんな感じなのだろう。あらゆる人を頭の中から消し去り、誰なのかも覚えずに、誰かからも覚えられていない。寄る辺なきままにゆらゆらと揺れていく。

母さんが一人にならないのは、俺がいるからで、そして幻想の中の弟たちがいるからだ。母さんがそれを信じるだけで生き続けられればそれだけでいい。母さんは俺を生み、人のかたちにはならなかった双子を生んだ。それから俺は弟たちと、一緒に自分の母さんを作り出していった。今二人がまさにちょっとずつ俺に迫ってくるんだ。

頭の中ではさまざまな場面がお祭り騒ぎを起こしていた。その瞬間に消えていく光景がぼんやりゆったりと隅っこの方に漂っていった時、ガラスにひびが入るほどけたたましくメッセージが入った。ビッー、ビッー、ビッー。メール着信の音声が俺を揺り起こした。母さんは三十センチ先の遠くないところでまだ横になっている。相変わらず悪夢にうなされているようで、眉間に皺を寄せている様子は母さんがとても小さく見える。母さんにはパソコンのマシンのように点滴や酸素の管が結びつけられていた。大きめの淡いブルーの布団をかぶりながら、折れ曲がるかのようにベッドで横になった。三通のショートメールは、あいつらがいろいろな理由で来るのが遅れたけれど、まもなく着くよという内容だった。

でも、あいつらって誰なんだ？

母さんが話す双子の弟、俺にはまったく覚えのないガールフレンド。細かく考えるほど、そうした場面がますます恐ろしく勝手に浮かびあがるようになった。二人と小玲が一緒に母さんのべッドまで来て、悲しそうな顔をしている。目のふちには今にも流れ落ちそうな涙をためて、弟の一人は自分とそっくりなもう一人に向かって言った。

「兄さんどこにいるんだろうね？」

「何がそんなに忙しいのかね、こんな時でも戻ってこないなんて……」鏡のような兄弟が会話をしている。

呼吸器が発する吸ったり吐いたりする音以外には、弱々しい息づかいだけ。ひと息ひと息、地球の表面から離れようとしないほど。

俺がいない場面。そこには双子の弟がいる。十歳年下で、大学に通い始めたばかり。俺とは親しくない。もう一人は付き合ったことなどない元カノ。悲しそうな顔で目の前にいる双子の兄弟やベッドに横になった弱々しい女性を見つめている。

数百万匹のレミングが大勢で海の中を泳いでいる場面が、ぎこちなく俺がいないその場所を踏み潰していった。レミングの、しとしとに濡れた体毛が立ち上がり、今まさに集団で死に向かって泳いでいくのが見えた。

場面はまた移り、双子の男の子と女の子が交わるシーンになった。

なんでそんなものが連続して出てきたんだろう。動物のドキュメンタリーとアダルトビデオの映像がいたずらに切り貼りされて編集されたようで悪趣味だった。そこで彼らは何も話さなかった。喘ぎ声すらもとても機械的な音に聞こえた。三人の表情からは楽しさや痛さなんかは感じられず、ただ体を揺すっているだけ。揺れる画面は不安定な感じだった。俺の目はその外側にあり、目を見張りながらこの動作の一切を見つめていた。二人の双子は母さんが朝となく夕となく気にかけていた二人の弟で、素っ裸の女の子は母さんが言っていた小玲じゃないのかな。俺は全然感情移入できず三人が続ける音のない動きを見ていた。体がぶつかり合う音すらも画面から消されてしまったようで、心の中では弟が俺の元カノと野合してるのならどうしよう、とはっきり思っていた。


場面は一瞬にして黒い点の中に収まった。

漆黒の中に落ちていき、動きが止まった。


「どうして別れたか知ってる？」

「誰と別れたって？」

「小玲だよ、でなけりゃ誰？」

「知るわけないでしょ、言わないんだから」

「あの可愛い二人に奪われたんだ」

「変なこと言わないの」

「本当だよ。あいつらベッドで姦通してるの俺に見つかったんだから……」

その後、母さんは頭を振りながら何も言わなくなった。それからは自分のほのかな光の中に落ちていった。俺は常に母さんを刺激するような話をして、ゆっくりと空っぽになっていく心の中を揺さぶり続けなければいけなかった。母さんから言わせると、時間の流れは線ではなく、かたまりのように分布して母さんを中心にした四隅にある。心の引き出しにしまったものは距離が遠いか近いかくらいの違いしかなく、過去も未来もなかった。一切の人や出来事はすべて現在形。現在《いま》だけに存在する。何もできあがっていない現在だけだ。どんな心の状態が母さんにもう一つの世界を作らせるのだろうか？　俺だってよくわからない。まして母さんが作り出す人間は、細部を補い続けなければいけないほどなのだから。母さんは現実の俺をまぼろしの中に引き伸ばしていく。母さんが俺の記憶となる前に、俺の存在を日常の景色や音に合わせていく。それは病室の中にベッドと死にかけた体があるのと同じくらい自然なことだった。

ポンポン。メールの着信音がまた俺を揺り起こした。無茶苦茶だけど「もうすぐ着くよ」と書いてあった。俺は振り向いて、母さんに二人がまもなく到着するよと伝えた。母さんの顔色はすがすがしくなり、先ほどまで悪夢にうなされてぐったりした疲れはおおかた取れていた。わかってるわ、と言った。スマートフォンを見なくてどうしてわかるのと聞くと、母さんは、そんな気がするのよ、感覚でわかるのと言った。ドアの外では足音が響き、本当に誰かがやってきたみたいだった。

まもなく着く。

母さんはレミングが集団で死んでいく話に弱々しく触れた。

レミングが自殺することは捏造だってその後でわかったんだよ、もともとそんな習性はなかったんだ、と俺は言った。

「じゃあどうしてこの前わたしにその話したの？」

「退屈だと思ったからさ。話でも聞かせてあげようと思って」実はこのことは小さい時に聞いてから、ずっと本当だと思っていた。偶然それが嘘だと知った時、俺はびっくり仰天した。物語には賞味期限があるんだと。そうすると小さい時から知っていたレミングという皆で自殺する奇妙な動物は、礼儀正しく慎み深く小便なんてしないネズミに一瞬にして変わり、寓意性の欠けた生き物になってしまった。

それは決して千夜一夜物語ではなかった。ここには凶暴な国王もいなければ聡明なお妃様もいない。ただ空っぽの記憶の倉庫に、母と子、それからいるはずもない双子がいるだけ。ここでは密室の病室に長くいるようで、時間と空間を感じる能力がますます弱くなっていった。病室が自分自身の意志でゆっくりと広がっていき、目の前に見えるこまごましたものは今まさに外に向かって飛んでいくように思えた。酸素チューブや点滴スタンド、カーテン、看護婦さんが押す医薬品カートの動く音が、頭の中にある大量のレミングと一緒に音を立てずに離れていった。ただ頭の上には双子の魂が離れずに旋回しているだけ。二人が手のひらに握るスマートフォンに映るメッセージまで見えてきて、送信している場面が絶えず目の中に入ってきた。

俺は突然咳ばらいしたくなり、喉でむせた。

止まった。

数百万のレミングが海水につかる場面は人間に変わった。黒山の人だかりが自殺すると噂されるレミングに似ている。勢いよく頭を持ち上げたままで、前のめりに飛び込んでいった。

まもなく到着する。

双子の瓜二つの面立ちを想像してみた。コピーして、コピーを繰り返して。ぐるぐる回りながら覚えのない兄弟を作り出す。浮き上がった名前と魂はますます増えて、部屋全体が急速に小さな惑星のように広がっていく。漫画のように母さんと俺を平たくして、きっちり天体の表面に貼り付けていく。俺はぞくぞくして、ゆっくりと寒気が襲ってきた。

母さんはまだ何か覚えているのだろうか？　母さんが作り出した息子がますます本物になり、ショートメールまで返してくるのだから。一切のことが反転し、向きを変えて背中合わせになった。

「母さんは考えたことある？　実は俺、本当の子供じゃないってこと？」

「何言ってるの……」母さんの表情は何変なこと言ってるの、という感じだった。

「それから双子の弟も……」
「あなたたちはね、あなたたちはね……」母さんは小さなため息をついた。
　自分は母さんの息子でなければいい。
　自分は母さんが作り出した妄想であってほしい。
　双子の弟は本当にいて、俺にはそんな感じの元カノがいたっていうことも。
　ついに、あいつらがやってきた。

　でも母さんはどこへ行ったのだろう？　窓の外をのぞくと、外の太陽は斜めになりながら街路樹にひっかかっていた。壁に触れてみると、自分がまだ生きていることが信じられないくらいだ。心臓が飛び跳ねる音を感じるほど落ち着いていた。血液が血管をほとばしり、全身に満ちていく気持ちで、目の前にある空しさと対峙する。

　すべてのことを考えた時、俺は自分がもう一人なんだっていうことに気づいた。

　どう言えばいいのだろう。実はあのメッセージは俺が送ったものだった。横並びのテキストメッセージを、俺の方からその若者のスマートフォンに送ったんだ。彼にはすまない。知らず知らずのうちに彼の世界を壊してしまったのだから。彼は不思議に思いながらも言われたとおりにした。俺にとって彼はもうボイジャー一号だった。俺の勝手な操作に従って、俺が知ることのできない気持ちと光景を見ていたのだから。

パソコンから離れて書斎を出た時、部屋はすでに明かりが消えていて深い眠りの中に沈んでいた。家の中は静かで波音一つしなかった。背伸びをして体をほぐすと、関節が気持ちいいほどポキリと音を立て、それはすぐに暗闇の中に消えていった。ぴんと張った体を揺すり、すべてのちからが抜けてしまったかのようにリビングのソファに倒れ込んだ。外ではオートバイが静けさを突き破る音を立てているけれど、それは今この時間の柔らかな闇夜をますます際立たせていた。作り出した若者は俺のことをちっとも知らず、娘と妻が自分の枕ですやすや眠って、遠く彼方の風変わりな国を夢見ながら、のびのびとしているのも知らない。たとえ二人が誰かに犯されたり殺されたりしても、そこに入っていくことなどできないのだ。だから、その若者は俺と同じ場所で、二人の頭の中の小さな世界を見つめながら、それが自分とは無関係の世界であることに気づいている。

体を起こし、ドアを軽く開けて娘の部屋に行ってみた。娘の枕元でかがみ込み、品質検査員のように娘の穏やかな寝顔を見た。それはまるで耳元をなでつけるノクターンのようだった。三分間だけ聞いてから、忍び足で部屋を出て、ゆうゆうと寝室に戻った。妻は背中を向けながら横になっていた。布団は妻の起伏のある腰のところにかかっていた。目に映るものと嗅ぎつけるもののすべてが馴染み深い。まるで生まれる前からここにいるかのように。安心して妻の背中の位置で横になり、毎晩眠る前の儀式のように、声を殺して妻の耳元で「バカ」と囁いた。

そして目を閉じると、心地よい暗闇の中に入っていき、光のスピードがゆっくりとなるところまで落ちていった。

光の速度が変わると、時空もゆらゆらしてくるのだった。

7

あらゆる建物は皆、廃墟の中に建っている。あらゆる暗闇は次の夜明けが始まるのを待っている。毎日一度は死んでいく太陽の光。地球上の何億もの人々が生き返り、また死んでいくかのようだ。その数で地球の表面積を割ってみると、一インチ毎に人が死んでいくことになる。

これは、とあることをはっきりさせている。いわゆる廃墟っていうものは時空の碑文の中に押し込まれながらも、未来に向かういろいろな道筋を刻んでいる。静かに元あった場所に横たわると、長い時間の末に風化し浸食してしまった古い壁や柱が唯一の未来を切り取り、二度と繋がることはない。

前に母さんに言ったことがある。ホラー映画でびっくりしたり怖がったりすることはないけれど、でも幽霊を信じないわけじゃないって。おそらくその理由はホラーものの脚本家は大半が人間性に対する理解が足りないからだろうね。ホラー映画の大事なところはスリリングなところを完璧にしたり恐怖心を作り出すことじゃないと思うんだ。一番いいのはほかにないくらいの緊迫感だとか、すれ違いだと思うよ。去っていったり、止められなかったり、機会を逃したり、華やかに散っていく悔やみとか悲しさとかは、後悔しながらも最後は怨念へと変わっていくんだよ。だから廃墟で起こるいろいろな怪奇現象や漂う幽霊なんかは、いつかは理解されたいと望んでいる怨念の集まりなんじゃないのかな。これ以上孤独な存在にはなりたくない、っていう現世の体に化けた訴え。生涯孤独に暮らして、独りぼっちで死んでいき幽霊になることに我慢できないんだよ。だから幽霊たちは手段と方法を選ばずに、理解されたくて待ってるの。でも、そんな理解の限度を超える超自然的な現象は、逆に意味不明で、解釈だって難しくて。殺人現場の住宅でよく出る孤独な幽霊が、大げさなやり方でさらに自分を孤独な場所へ押し込んでしまい、結局は孤独に満ちた現場の住宅さえも寂しく取り壊されてつぶれてしまうということかもしれないね。

　母さんは俺の長い話を聞いてから、言った。「幽霊や神さまなんかいないって考えたことある？　そうよね、幽霊はたぶんどれも孤独で寂しいのよ。でなけりゃどうして無縁仏なんて言うのよ？」母さんは上を向いて痛み止めを飲みながら、続けて言った。「もしかしたら神さまなんてすべて人が作り出したものかもね？」そうだよ、と俺は思った。もしこの世で人だけが何かを考えて、泣いたり笑ったりしてるのなら、寂しすぎるわよね？　だから人間の想像力なんてたいしたことないのよ。どこどこの神さまとか言ってもそのかたちは人のようだけど、本当は逆から言った方が正しかったりするのよ。俺は母さんの言い方にドキリとしてしまった。母さんの痛みに満ちた顔つきをまじまじと見つめた。ちょうど今、母さんはちからが抜けるまで頑張って安らぎの睡眠に入ったところだった。その時、病室全体には鼻を少し刺激する消毒液のほか、空調が小刻みに働く響きが揺れているだけだった。俺はぞくぞくとした。

ネルーダの少女が送ってきた日記を受け取った。パラパラとノートをめくると、彼女は俺たちのあいだで起きたいろいろな出来事を残らず細かくメモしていた。彼女が書いた生活日記を読むのはとても奇妙な感じがする。まるで俺はそこから引き抜かれて、未来の視点から起こった一切の出来事すべてを見ているかのようだった。でも彼女も変だな。書いたのは全部、三人称全知の視点。まるで彼女がその時のことを書くのはそれより前に起きたことのようだった。その後の展開をとっくに知っていて、まもなく起こることをあらかじめ書いていくような感じだった。出来事は生産ラインみたいに、ベルトコンベアのように組み立てていき、すばやく日記の一部になる。俺は彼女が言ったことを確かに覚えていた。「わたしはあなたの一部になりたいの」

あなたの一部になりたい。

その時笑いながら聞いた。「なんで『なりたい』の？　もうなってるじゃん」

ネルーダの少女は急に顔を曇らせて言った。「ちがうわよ。ほんと、あなた全然、わかってない」その時、俺たちはそれほどお互いの一部になりたかったのだ。俺も彼女が俺の人生の一部分になったと思っていた。でも事態はそれほど順調じゃなかったけれど。

女の子は言ってた。「わたしはあなたの一部になりたいの」

男の子も答えてた。「どうして『なりたい』の？　もうなってるじゃん」

男の子はその時、まだわかっていなかったの。その後過去の傷口の中に閉じ込められて、本当に抜け出せないのは彼だってことを。でも女の子も出ていかなかった。彼女は男の子の一部になって、彼の体と一緒に、決まりきった場所から本当に抜け出したかったの。こうすれば二人はお互いの一部になれて、世界の一部にもなれるって。

少しびっくりしてしまった。事態の展開はまさに彼女が書き残したとおりで、疑うことなく続いていった。ネルーダの少女は前もって知っていた道を歩いたのではないだろうか。一歩一歩と分かれ道や路地にも踏み込んで、人影の見えないところへ向かって。

偶然にも母さんと運命を信じるかどうかっていう話をした。人生の台本はすでに書かれてしまっていると言うけれども、一生涯の時間をかけて、ようやく自分の脚本がどう書かれているのか知るのだ。

「あなたが言っていた幽霊はどうすればいいのよ？　消えないわ」

「もし、この世で人間だけがモノを考えて感情があるんだったら、寂しすぎると思わない？」

「もしかしたら台本を書き換えるチャンスはあるのかもね」

「読むことだってできないのに、どうやって書き換えるの？」

「最後まで残ってほかの人のを書き換えるのよ」

「どうやって？」

「取り憑いたり、夢枕に立ったりして」

「そんなの本当に信じてるの？」

「幽霊なんて見たことないけど、たぶん占いの影響ね」

「迷信だよ」

「ほら、これも信じない、あれも信じないって言ったら、いったい何を信じるのよ」

「でも見えないものは、俺だって見えないんだよ」

「生きてる時は見えないけど、死んだら見えるものだってあるのよ」

「そうなの？　そんなものあるんだ？」

「お父さんよ。あなたのお父さんがそうじゃない」


　そうだった。母さんが結婚して、男に嫁いで子供を生んだっていうことをもう完全に忘れるところだった。俺にとって体験のストックは小さすぎるか、さもなければリース代が高すぎるのだ。時間が進むと、幼い頃の記憶をオークションで売ってしまって、時間軸の過去の部分はいつも発射するロケットのように離れていく。たくさんの体験を一つ一つ捨てていき、父親っていう名前の男も曖昧なものになってしまった。ネルーダの少女に、いなくなった父について話したことがあったのだろうか？　彼女の書きかけにこんなふうに書いてあった。

　男の子はずっと父親という巨大な影を捨て去ることができなかったの。女の子は彼との短い出会いの中で、いつも彼から聞くのはお母さんについてのお話だった。細かいところまで話す詳しいお話。

彼女はわかってたの。男の子は忘れるのが怖くて、女の子に上手に話しかけて、こんなお話や大量のこまごまとした内容を自分のために覚えておいてほしいと思ってることを。男の子が物語を覚えられなかったり、繋ぎ合わせを間違えることに我慢できないってわかっていた。だから彼女は彼の一部、記憶の一部になりたかったの。でも男の子がお母さんのことを話せば話すほど、無視できないほどの空白が生まれてしまう。そこにいない男の人のことも。女の子は大丈夫、時間はたっぷりあるからと思い、彼に付き添ってすべてのお話を覚えるまで一緒にいたかった。時間はたっぷりあるの。彼女はこんな感じで楽観的に考えてた。でも時間はいつも足りなかった。

父親。なんて重たい言葉だろう。「父親」という言葉が母さんと俺の弱々しい家庭で意味するものを考えた。その言葉は訳のわからない理由で空いてしまった座席のように、進学するたびに俺と母さんが一緒にいるところに覆いかぶさってきた。ネルーダの少女が書いた言葉を思い出した。全部のお話を覚えておきたいって書いていた。ネルーダの少女に何か言ったことがあっただろうか? 俺はあまり覚えてない。でも確かに、自分が生まれてからは、子供の頃がなくて成長期もなくて、初めから今のようなままでいるのを願っていた。悲しみや楽しみなどは、覚えてなくていい。話すような過去なんてない。ただ一方的に母さんの過去を受け入れ、母さんが今から俺の様子を覚えておいてくれさえすればいいと思っていた。だって俺は母さんの一部でもあるのだから。母さんの世界に生きて、まるで温かく閉じた子宮が俺や俺たちにまもなく起きようとしていることをくるんでしまうかのように。

でもどうしようもなかった。母さんが現れて、俺はすぐに物語の中に引き戻された。古くて崩れ落ちたこまごまとしたことが俺を発酵させ、酸っぱい匂いがする苦みのあるものに変え、もう一度母さんの宮殿のようなところへ引き戻していった。母さんと一緒に薄くなっていく景色を眺めながらもう一度消えていくのだ。自分の過去と母さんの過去を重ねて、母さんは俺の体験に頼りながら記憶をフィードバックし、昔のことを思い返す。俺と母さんが一緒に作り出した双子の弟たちまでも。

　何もすることのない長い長い午後、いつも退屈で仕方なくスマートフォンをいじる。時間がはっきりと刻み込まれた文字と画像を眺めていく。メモリーカードの奥底に寝そべってはいるけれども、決められた電流で順番通りの回路に沿って流れていく。でもそれらは、自分がデジタルを組み合わせた虚無な存在で、目に見える文字や画像になっていくことを知らないのだ。画質の悪い画像をクリックするようなものだ。ピンク色の穴にはべっとりと液体がこびりつき、ネルーダの少女の体の一部なのだった。最初何度もこの画像を撮らせてと頼んだっけなと思ったけれど、ファイルに彼女の姿がないことに気づいた時、僅かに残されたネルーダの少女のこまごまとした写真をどうすればいいかわからなかった。小さく画面に表示される画像を見つめ、記憶の中の様子や色つやに照らし合わせながら、ピンク色で最後に消えていった奥深いところの真っ暗な穴を見てみたくなった。何も見えない。そこには時間は何も流れず、ほかのものも見えない。生き物の内臓の中のかたちをしているだけみたいで。彼女がその後でスマートフォンの写真を見てどう反応したか思い出せなかった。顔を押さえて笑ったんだっけ？　それとも、ちょっと怒ったような表情で俺をにらんだんだっけ？　まったく覚えてなかった。ただ思い出せるのは彼女が俺に説得された時、長いため息をついたけれども、それがまるで優しい母親が愛おしい子供に安っぽい新しいおもちゃを買ってと何度もせがまれたのに負けてしまったかのようだったってこと。

　画像を作り出す半導体の材質が自分の意義に気づかないというのは、スマートフォンの画面に現れる小さな小さな写真もまた同じだった。そんなことを画像が思い出させ、それからは俺のスマートフォンのホーム画面もそれになった。

　ネルーダの少女の日記にはこう書いてあった。

　男の子は少女がビデオの中から飛び出てくる漫画のことを話したの。それから空気で膨らます人形を買う孤独な老人の物語も。女の子が彼に聞いた。「それって同じことが言えるんだけど気づいた？」男の子はわからないと答えたの。女の子は笑いながら言った。「あなた今寂しくないってこと！」その人たち、あなたと一緒でとっても慰められたいのよ、と女の子は笑いながら言ってた。

　俺たちはいつどのようにこんな話をしたのだろうか。完全に忘れてしまった。でも漫画の物語のあらすじは覚えているし、老人が人形を抱きかかえながら飛び降りたけれど、ばつが悪いことに無傷で助かったことも覚えていた。

男の子は家について話したの。まぼろしの未来に建ってる家で、女の子とそこに住んでる。そして部屋の間取りのことを考えてる。男の子が言ったの。「僕たち一人一部屋だね、書斎と一人部屋を兼ねた部屋を一つ残して」女の子が聞いてた。「一人部屋？」

男の子は軽く頷いてた。「そう。一人部屋。お互い嫌にならないようにね」女の子は心の中で、もう、いずれ自分で閉じこもったきり二度と入って行けなくなるわね、と思ったって。でもそれは当然心配すべきことだったけど。

「俺たちの未来の家」なんていう真面目なテーマについて話したことがあっただろうか。確かに考えたことはある。将来向き合うであろう伴侶とは、お互いのあいだに緩衝地帯か息つぎできるスペースを設けておくべきだ。あまりにも近いところにいると見るものすべてがロマンチックでなくなってくるから。でもずっとそんなことは試したことなどなかったし、ネルーダの少女と過ごした短い夏の日でも、賃貸の小部屋で暑い暑いと言いながら、汗を夏ござに垂らして、扇風機が回るウォンウォンウォンという音を聞いていたじゃないか。真面目に考えれば、その家には俺一人しかいなくて、独りぼっちで暮らしているということ。母さんもいなければ、ネルーダの少女もいない。詩情と意志のちからを欠きながら生きるのは、まるで黄色くなった日記帳のようだった。もちろん、そこには家族の遺骨があるわけでもない。母さんを納めているのは海岸線に面した納骨堂で、たくさんの養魚池のあいだに聳え立っていた。

スマートフォンをしまった。母さんは相変わらず夢の境でもがいていた。母さんの表情をみると、現実と夢のあいだにある潮の干満にひっかかっているように思える。いつも岸に上がろうと這いあがるけれど、波にさらわれてしまい、海岸線をつかもうともがきながらどうしてもつかめない。

病院の外には暗闇が海のように広がっていた。星と遠くの街灯が溶け合いながら輝いている。喫煙所にいる数人のおじさんは小さな火がともったタバコをくわえ、ぼんやりとした空に向かって呼びかけていた。そこでタバコを吸っているのは大部分が男の人で、その多くが見た感じではものすごくだらしない人だった。その人たちは肩にセメント袋を永遠に背負い、埃まみれのようだった。俺はその輪の中に交じるけれど、タバコは吸わない。ただ副流煙を吸いこむだけで、男たちのポケットにある健康被害を警告する気持ち悪い写真を思い浮かべていた。その中の一つは喫煙がインポテンツを招くということを暗示したものだったけれど、俺が見たかったのはニコチンの取り過ぎでグチャグチャになったヴァギナの方だ。それを考えると思わず口角が上がり、フフッと笑い声が漏れてきた。おそらく花電車のやり過ぎによるもので、喫煙とは何の関係もないのだろう。真夜中の一晩中、誰かが外でタバコを吸っていて、その周りでは高々と紫煙が上がる。彼らは病院で健康を燃やしながら、顔なじみも多いけれど、お互いに会話はない。静かに吸いながら、時間を潰す。俺は彼らの口元で光ったり消えたりする赤い点を見ながら、時間を潰すのだった。

俺には悲しみなんてわからない。紙銭が鉢に沿って回転しながら燃え上がるのを見ながら、泣き叫ぶ気持ちも炎と一緒に紙銭を飲み込み、燃え残りと化していく。あの時ネルーダの少女の日記を抱えてめくりながら、炎が消えないよう注意していた。母さんが歩いていく際の光はこのほのかな炎で照らされていると言う。

男の子は死んでいく話を書くのは好きじゃないと言ってた。死は俗っぽくて平凡だから。書けない人はまず死ぬことから書くけれど、それじゃ本当に死んじゃうの。彼は死を避けてたから、だから彼の物語はいつも破ることのできない膜で覆われ、人を感動させるちからに欠けてた。

そうなのか？　なんだ、ネルーダの少女はそんなふうに俺を見ていたのか。彼女が言うのはもっともだ。たしかに語りの練習をする時にさまざまな方法を試したけれど、でも意図的に死を書くことはなかった。彼女に言ったことがある。書き手は必ず自分の文章の中で神さまを演じなくちゃいけないと。書き手はあらゆる物や視点を作り出せる。奇跡を起こしたり雨を降らせたり、災いを起こしたり貧乏にさせたり、疫病を流行らせたり幸せにしたり、これらの展開はどれも簡単に殺してしまってはいけない。どうかすると死でもって一切のプロットを解釈したりまとめたりしてしまうけれど、俺から言わせればそんなの怠けすぎで、あまりにも平凡だ。

でも母さんが目の前で息絶えた後、もしかして誰かが神になって練習していて、うっかり母さんの存在を消してしまったのではないかと思い始めた。文字をバリアに、俺は神を殺してこそ神になれる。世界中の神を否定してこそ、文字の神になることができるんだ。

前に俺はある物語のプロットについて考えたことがあった。一人の孤独な小説家が、自分では一生かけても得ることのできない完璧な世界と暮らしを、創作の中で作り出すことだった。彼は自分の作品の中で成功した作家として描かれ、財力も名声もあるけれど自分の書斎で虐殺される。密室の殺人事件。唯一見られる不自然な点は現場にその作家の全作品がまき散らされ、どの本も破り捨てられ、本の中で出てくる悪役の部分が引きちぎられていることだった。警察は密室殺人の可能性として捜査を開始し、一つ一つ追っていった後に骨折り損にも出発点に戻って行き詰まってしまう。最後の結末はギャングになった悪役が本から出てきて殺されたのだけれど。

この物語のアイディアをネルーダの少女に話して聞かせたことがあった。彼女は聞き終わった後にうなずいて、いいわね、面白いけど、最後の部分が足らないかもねと言った。しばらくしてから、彼女は言った。「あなた本当は死ぬってこと真面目に考えたことないんでしょ？」本棚に並んだ探偵ものの推理小説を眺めながら思った。こうしたミステリーには死体とか、死ぬべき、あるいは死んでしまった、あるいはまだ死んでない人がいったいどれだけいるのだろうか。これらの作者は長いあいだ死体や肢体と一緒にいて、脳みそを振り絞って意外なトリックや計略を思いつくけれど、どれだけ真剣に死ということを考えていたのだろうか。俺にはわからなかった。特に全体を通じてものすごくよく書かれているような部分は、たいてい死とは関係ないのだから。

俺の物語みたいに、一番いいところは死じゃなくて、作家が自分で作り出した人物によって殺されてしまうということなのに。それはある種の逆転型の神殺しだった。登場人物が反発して彼らの主人を殺していく。虚構が現実となり、ドキュメンタリーがフィクションとなり、双方が入れ替わる曖昧なシーンだ。ネルーダの少女は俺の大げさな持説を聞いた後に言った。「ねえ、いつかきっとわたしのこと小説に書くんでしょ……」でもその時は全然気づいていなかった。彼女はとっくに俺たちのことを日記に書いて、その後に起こることを静かに待っているのを。

　ネルーダの少女は書いて傷つくことで、感傷的になるのを避けたのだろうか。あるいは書くことで痛みを受け入れて、予防接種のように別れの時がきてもそれほど激しい痛みを受けずにすむとでも思ったのだろうか。スマートフォンのホーム画面を見ても、その真っ黒な穴の中に隠れているのは何か、ちっともわからなかった。俺と一緒に紙銭が燃え上がるのを眺めていたネルーダの少女がいる日記、それからスマートフォンだけに記録された彼女の体。その日記を少し読んでみた。長くはなかった俺たちに共通の体験がところどころ思い返されて、突然オナニーしたくなる欲望に駆られた。俺は本当にダメな奴。こんなに慎み深い時でもいやらしいことを思い浮かべてしまうのだから。日記を放り投げてトイレに行った。便器に腰掛けてスマートフォンの動画をにらみながら、じっとりと温かな場所で交わるのを思い浮かべた。上に向けて放った後で、俺は鉄桶のところに戻り紙銭を焼き続けようとした。

　炎はすでに消えていた。

母さんは終わりのない暗闇へと落ちていき、道案内する光さえもなかった。

明かりが消える前にお母さんは遠くでリズミカルに点滅するのを見ながら、静かに石をゆっくりポケットに入れたの。別れの時に、簡単に浮き上がらないようにするため。人に迷惑をかけるのが怖かったの。お母さんはいつも人に迷惑をかけたくなかった。たとえそれがたった一人の息子に対してだったとしても。長い長い眠りにつくことを期待していたの。眠れる森の美女のように長い時間目覚めず、王子さまも現れなくていい。夢心地の中で寝ていて、起きられないのなら、真実を見なくてすむ。お母さんは子供が物語を話したのを覚えていたの。人魚姫についてだった。息子の話では、人魚姫の背景は現代社会に移ってた。人魚姫は自分を陸にあげてくれる王子さまに出会うことを願ったけれど、最初から最後までずっとゴミが漂う海岸線だった。周りにいる漁民はみんな年取ったおじさんだったけれど、人魚姫はやはり上がることにしたの。ありとあらゆる苦労の末に、たった一人だけいた女のイタコを見つけ、人間の足が欲しいって言った。でも、なんでイタコが自分の美しい声を奪わなかったのか、どうしても彼女にはわからなかったの。町へ行って身分証の登録をする時、たくさんの申請書や用紙を書き込み、ようやく住民となることができた。町での生活はとても辛く、彼女は字も読めず、人間の言葉もよくわからなかったから、いつも聾唖者のように黙ってた。その後、町はずれに行き売春婦になったの。人魚姫は人間の男がどうしてペニスを自分の体に突っ込むことで興奮してるのか理解できなかった。勝手に動く男たちの体に身を任せ、吹き出したベトベトとしたものを眺めてた。結局、人魚姫はこんな生活には本当に嫌気がさして、海へ飛び込んでふるさとへ戻っていった。お母さんは変な物語だと思ったの。意外なところもないし、驚きや喜びなんかも感じない。物語を聞く人に希望を与えることもない。お母さんは誰の物語なの？と聞いた。息子は僕のだよと答えた。

ネルーダの少女の日記にはこんな一段落が書いてあった。彼女は次に何が起こるのか知っていたのだろうか。どうして俺たちのことだけじゃなく、母さんと俺の展開も書き残したのだろう。あいつは書くことで俺たちの暮らしを別のところへ行かせようとしたのだろうか。もう一度スマートフォンに映る体を見て、もし千台のスマホがあれば、繋ぎ合わせて巨大な陰部の画像が作れるなと思った。それはおそらく自分の体を縦にして中に入れていくと、精密で細かな電子回路の中に消えていくようなものだろう。回路の線に沿って走り出すと、全体としてどんな動きをするのかなんてもう考えなくていいのだ。

物語がここまで進むと、若者の母親は死んでしまっているが、それは俺が想定していた展開だった。でも続きはどうなるのだろう？　少し自信がなかった。どちらにしろ、彼の母親が病気になった最後の展開で双子を作り出せた。おばけみたいなメールは影のように行ったり来たりする。罠のように彼にまとわりついた。今またネルーダの少女の日記が出てきた。未来を語る口ぶりで彼らが体験したこと、話したことを書いていく。もしボイジャー一号の視点でそれを見るのなら、冥王星の外にある天体の集合が離れていき、漂う宇宙の放射線と隕石がしきりに目の前に現れては通り過ぎていることだろう。彼の小さな世界から作り出された三人の人物は皆、引力によって遠のいていく。引き寄せられては振り回される流星のように、不規則に逃げ回りながら漂って、空の彼方にすぐに消えてしまう火花の痕跡を残すのだった。ここで少しやめるべきかなと思った。しばらくは待ち遠しくなるように青年に時間をあずけて、その後で起こることに対して少しはハラハラさせないと。

　悩みは心の奥底で液体のように溢れ出て、思考の隅々にまで行き渡った。書いたのはほとんど極端に日常的なシーンや感情だったので、彼の世界に火星人が大挙して押し寄せるわけでもなかった。巨大な津波が町を呑み込むわけでもなく、天災や人災がその時間を止めてしまうわけでもなかった。

　もしかすると本当にどこかの若者が俺の描くやり方で、自分の人生で出会う人や出来事にぶつかっているんじゃないかって錯覚を起こすことが時々ある。まるで彼の精神に居座る亡霊となって、心配事や悲しみ、喜びなどを操りながら、見ることができたり触れたりできるものを制御してるんじゃないのかって。こんなのって、まともだと言えるのかな？　人は仕事の合間を縫って絵を描いたり、釣りをしたり、居酒屋を回ったりする。ボランティアのユニフォームを着て街に出て募金を呼びかけたり、キリスト教の伝道をしたりする。みんなこの世で大小それぞれの貢献をしているのに、俺だけが自分で部屋に閉じこもり、汗水垂らしながら他人の生活を書き続けているけれど様にならない。だから作家っていうのはたいてい冷淡で残酷なのだと思う。もしそうじゃなければ、どうやって自分で文字の監獄の中に閉じ込められた登場人物に向き合うことができるのだろう？　それらは書かれた後に、そこに留め置かれる。作家は本をめくるように次の作品に取りかかり、続けて虚構の中に新しい人物や場面設定を作り出しては、別の話や物語を作っていく。こんなの創造ではなく、罪作りな捏造だ。絶えずさまざまな地獄や奈落を自分自身で作り出しているのだから。

俺はパソコンをシャットダウンし、立ち上がって部屋を出た。妻は娘を連れて買い物に出かけていて、自分一人が家にいる。気が狂ったかのように家の中をうろうろしてしまい、落ち着けなかった。いらいらした気持ちが体の中で後から後から噴射してくる。続けて一心不乱に書棚や引き出しを引っかき回して、なくした本や手紙でも捜すように、置いてあると思われるところを一つ一つすべてチェックしていく。でも本当に何か捜しているわけじゃなくて、意味もなく本と引き出しを開けては、がっかりしながら元に戻すのだった。こうした繰り返しは妻と娘が戻ってくるちょっと前まで続いた。ただあちこち回るかのようにそぞろ歩き、ありもしないものを引っかき回して探していた。まるで狂ったかのように引っくり返すと、意外にも忘れていたものやこまごまとしたものが落ちてきた。その中の写真数枚に目がいった。小玲《シアオリン》だった。

それは妻と出会う前の大学時代のガールフレンドだった。背景は一度だけ一緒に行ったことがあるさびれた集落だった。市街地にある違法建築住宅の集まりで、そこに行った時にはすでに多くの家が転居し、おおかたの住民は付近のプレハブ小屋やほかの場所に移っていた。カビのように坂道のところに住み着いて絶えず増殖し、キノコみたいに軒先を広げて、迷宮のような通路を作っていた。細かい敷石の通路は長く曲がりながら予想もできないところで交差している。意地でも居残ろうとする住民もいて、芸術家や社会運動家を引き寄せながら、こまごまとした抗議運動をしていた。

　当時、俺と小玲は何か面白いことに首を突っ込むのが好きな学生だった。現場に顔を出せばそうした社会運動に参加したことになると思っていた。でも実際、俺たちは遊び半分で現場に行っていたのだ。友だちのその友だち、あるいは知り合いの知り合いなど同世代の人たちと一緒に、おばけが出るような廃屋の中を出たり入ったりしていた。ある冬の週末の夜、俺たちは待ち合わせて廃屋で抗議運動をしている住民のところへ行った。彼らがお茶を飲みながら話すおしゃべりを聞きながら、外省人［戦後中国大陸各省より台湾に移ってきた人々］の退役老兵の家の中を探検したりした。退役老兵と大陸出身のおばあさんの家には、野菜を煮込んだ脂っこいにおいが漂い、ドキュメンタリー映画を撮っている兄ちゃんが老兵のじいさんとしゃべっていた。じいさんの訛りはとてもきつく、俺にはほとんどわからなかった。そこで俺と小玲は自分勝手に狭い小部屋の中で、うずたかく積まれた乾物や缶詰、大小さまざまのペットボトル、じいさんの輝かしいメダルなどが色あせて、まだら模様の壁の隅っこに置かれて埃をかぶっているのを眺めていた。その時、この抗議運動は結局のところちっとも成果なんてないんだろうなと感じた。俺たちのような外来者は、こんな感じで自分と無関係な時空の中に引きこもり、壊れかけた汚らしい住宅はさらに一歩進んで潰れかけていた。実際には、その集落はその後一変して、色鮮やかな国際芸術村やユースホステルになったのだけれど。

　自分たちのように分け前にあずかろうとしていた奴が何をしたかというと、あの廃墟みたいな建物の中を行ったり来たりして、その中の廃屋の一間でホームレスのように服のまま雑魚寝しただけだった。俺と小玲は一緒にその空間に閉じ込められて、序文もなければ結論もないような小さな宇宙で、口を大きく開けて笑っていた。

寒い風がピューピュー吹く夜には全然眠れなかった。ひびが入った壁では風を防げず、風が吹くたびに俺たちの体温に突き刺さるナイフのように、体はだんだんと冷えていった。俺と小玲はさらに団子になって震えながら、最後に彼女は我慢できなくなり俺の手を引っ張り外に出た。手を握り合って小走りになりながら、街灯もまばらな朽ち果てた集落の外に出た。どの家も真っ暗で沈黙しながら向かい合っていて、ひびや穴の隙間から寒風が吹き込んでいた。懐中電灯で道路を照らすと、泥棒が正々堂々と目当てのものを探すかのようだった。ぴっしりと閉じたまま開かない戸もあり、俺たちは錠前とチェーンを壊して、空き家の中に忍び込んだ。中は真っ暗で、懐中電灯が照らし出すのはゴミや埃ばかり。空き家の二階から町中の光り輝く明かりを見てみると、光の暈がまるで防護マスクのように、今いる廃屋のある集落とのあいだを隔てていた。そして別の空き家で幼い頃に買ったことのある芸能人のポスターと七、八年以上前の漫画雑誌を見つけたのだった。

なかでも一番奇妙だったのは俺と小玲が一緒に家の中へ入った時だった。空は明るくなり始めていて、周囲がゆっくりとまぶしくなってきた時間だった。俺たちはなぜか別々のところにいた。俺は地下室みたいなところを通り抜け、足下にはビールの空き瓶や紙パック、ペットボトルがひっかかった。まるで足首まで溢れているゴミの池をかき分けて進むかのようで、向こうの階段に上がるまで続いた。出てきた時には、空はすでに懐中電灯がいらないくらい明るくて、俺は振り向いて小玲を捜した。彼女は俺の頭上にあるセメントの土手に立ち、俺の名前を呼んでいた。右往左往してしばらくはお互いに見つけられず、結局会えないままだった。もと来た道を戻り廃屋に引き返し、もう一度冬の日差しが弱々しい湿気の多い朝を迎えるしかなかった。彼女の指先は冷たくなっていて俺の指先と重なりあった。

　俺の浮ついた気持ちは廃屋のためにおさまってしまい、長いあいだ連絡していない女の子のために足が止まった。

「なんで家の中がめちゃくちゃなのよ？」

「ああ、さっき授業の資料を探そうと思って。後で片づけるからさ」

　妻は音を立てずにドアを閉めた。俺は妻から食品と日用品の入った大きな袋を二つ受け取った。娘は果物を提げて、スキップしながら入ってきた。二人は冷蔵庫のお腹に入っている食材を片づけて、俺はさっきめちゃくちゃにしてしまった書棚と引き出しの整理をした。俺の気持ちは小玲が残したイメージのところで止まったままだった。指先にはあの日の朝に握った彼女のひんやりとした感じがあった。体の記憶は想像を超えるほど深くて豊かなのだ。俺の気持ちは、もともと廃墟だったのに再建された古い建物のところでぼんやりし、カビのにおいが充満した空気に包まれたような感じがしていた。その何枚かの写真はまるで俺が作り出すネルーダの少女の日記のように、とっくにもう一人の人間のその後を書き上げていたのだ。それはまるで想像もできないような新しい星が爆発し、宇宙の彼方から放たれた光が十五万年の歳月を越えて人類の網膜に届くかのようだった。

「ねえ、もし僕と結婚しなかったら、何してるかな？」部屋の真っ暗なところに隠れるかのようにかすれ声で妻に聞いた。

「ほかの男と結婚してるわね」

「やっぱり歴史の先生かな？」

「そうね……もっとすごい人。弁護士とか会計士とかじゃない」

「女の子を生んだりするの？」

「男の子の方がいいわ。外でオシッコさせるのも簡単だし」

「じゃあ僕が見込みなくてあの子を溺愛しすぎだって言ってるの？」

「うざったいわね、もう結婚したんだからいいでしょ」

「たとえばの話だって」

「ねえ、あなた最近いったい何してるのよ？　暇さえあればパソコンの前でカタカタやって、変よ」

「小説みたいなもの書きたいって言ったじゃん」

「小説書くのはいいのよ、でもわたしのことあんな風に書いていいと思ってるの？」

「読んだの？」

「ちょっと見ただけ」

「あれ嘘だよ……」

「読んでみると本当みたいよ。なんかあなた自分のことを書いてるみたい」

「そんなことないよ、主人公の生活とか考えとか、僕とは違いすぎるよ……でも細かいところは自分の体験を使ったのにちがいないけど」

「ふーん、じゃあ『ネルーダの少女』のところ長すぎるわよね……」

「ねえ、もうあんなに昔のことなんだから。あの時は彼氏でもなんでもなかったんだし……」

「舐めて」妻が突然振り向き、両手で俺の顔を抱えて言った。股間に手を伸ばすと、理由もなく濡れていた。彼女は自分から下着を脱ぎ、両足を開いた。俺は頭全体を滑らせながら妻の股間を舐め始めた。この動きは何千回と繰り返したことがあるけれど、この時突然感じたんだ。体と体を重ね合わせるこの行為は、まるで妻の体の中に入っていくようで、また妻の体から生まれたばかりのようでもあるって。生臭くて甘やかなにおいのする湿り気のある粘膜に纏われて、妻の内側と部屋は真っ暗になっていった。俺の顔は真っ赤になった。妻の太ももが両頬をギュウギュウ締め付け、呼吸が激しくなり次第に乱れてきた。

そうなんだ。建物はやはり廃墟の中から立ち上がり、まだ起きてないことも書くことができるのだ。

8

西暦七九年八月二十四日、青く澄み切った空がどこまでも高く伸びていた。ポンペイの町はいつもと同じつつがない一日を送るはずだった。

だが、町の外では遠くないところにあるヴェスヴィオ山が突然噴火し、一瞬のうちに爆発した溶岩と火砕流が、空いっぱいに広がってポンペイの町全体を急速に覆った。死んでいった住民は、どれも火砕流で死ぬ前最後の一秒の表情をとどめたまま完全に覆われていて、驚くような死者の町になっていた。とてつもなく規模の大きい殺人で、逃げ出す余地など一分一秒たりともなかったのだ。

一番びっくりするのはこれではなく、一つの町が壊滅してしまった証拠が、分厚い火山灰で地中深くに埋もれたまま千五百年が過ぎたことだった。こんなに長い時間誰も彼らのことを覚えていなかった。町全体が、間違えて地図に鉛筆で描かれた目印が消されてしまったように、きれいに削られて、かつて存在しなかったかのように見なされていた。

母さんに、もし千五百年間死んでいて、今日掘り起こされて考古学の材料にされたとしたらどんな感じかと聞いてみた。「千五百年も？」母さんはくたくたになりながら睡眠不足の体を動かしながらつぶやいた。「千五百年経ってもクズはクズね」母さんは笑いを取っているのだとわかっていた。俺の仕事ぶりを言ってるんだろう。でももし自分がポンペイの住民のように全員で死んでしまって、死亡時刻も数秒の僅差しかないのであれば、死んだような感じはしないんじゃないかと思う。だから言ってあげたんだ。「もしかしたらみんなで死ねば、みんな同時に生まれてくるような感じなのかもね」

母さんは手を軽く振った。おそらく肺にたまった水で腕が痛むのだろう。俺は母さんに背を向けて座らせ、軽く丸めた手のひらで背中や肩、腕を叩いてあげた。もしそのとおりなら、母さんが死を越えてもう一つの世界に生まれ変わるのを願うことだろう。もしこの世界だけならば、そんなの寂しすぎる。母さんの痩せ細った腕を叩きながら、母さんがかすかに揺らす頭は異常なほど重たく、体は藁を束ねた案山子《かかし》のように軽かった。ゆっくりと中をえぐり出した姿は、まるで標本のようだった。

小さい時に大型動物の標本を見た時の驚きを覚えている。姿勢が固まってしまい、時間は体の中で止まってしまった。それは蠟人形とは全然ちがうものだ。単純な外側の殻に、実際にそこにいるという存在感。その中の抽象的な部分はすでに消え去っているのに。

ネルーダの少女の日記には栞が挟まっていた。ほとんど透けて見えるほどの葉っぱの栞だった。乾ききった葉には曲がりくねった複雑なかたちで管が張り巡らされ、パリパリした薄い葉っぱになっていた。ふんわりと柔らかな曲線。まるで骨格で支えられた葉っぱは崩れていないけれど、生命だけはとっくの昔に失われているかのよう。過去のことが偶然にも葉っぱの栞が落ちていく時のようにヒラヒラと降ってきた。拾い上げてはしげしげ眺め、元にあった場所に戻すのだ。

　昔のことを思い出すのは、前に読んだことのある本を読むような感じだ。ページに記した記号や書き込み、丸の囲いや傍線を眺めながら、その時自分が初めて読んだ順番を細かく思い出す。でも多くはどうしてそう書いたのか思い出せないまま。書き込んだ言葉や文には、いったいどんな意味が込められていたのだろう。際限なく昔の足跡を何度も思い返す時、どんな象徴だったか、どんな比喩だったか、どれもぼんやりしてしまう。本当はこの空き家に残っているのは俺だけで、空き家全体の記憶も遠くに揺れている旗や振り落ちていく灰と一緒に、一つ一つ海に面した墓地のうえに散っていくのだろう。とっくの昔に一人での生活には慣れていた。その時と違うのは、母さんは別の場所で待っているわけじゃないということ。母さんに寄り添った最後の時間を除いて、大部分は町で歩く屍のように生きてきた。時間が俺の体や行動を切り刻んでいくのだ。すべて、生きるため、生きるため、生きるためなのに。最後になって思い浮かぶのは、いつも母さんがとてつもなく大きく物寂しい空き家にいることだった。どうりで最後にはこの世界を拒絶するような姿勢で行ってしまったわけだ。

　死を引き延ばしていくと、いつも偉大なる領袖《リーダー》が死んだ後に干からびたところを思い出す。観賞用の標本にして塩漬けにされ、ひっそり静まった広間で皆に見せている。その形は残ったままだけど、霊魂はとっくに跡形もなく消えている。でも、生前の業績を振り返ったり、あざ笑ったり、軽蔑するためにそこへ行く人はどれだけいるのだろうか。残るのは永遠に物質的で具体的なイメージ。台湾黒熊《タイワンヘイシオン》〔台湾固有種のツキノワグマ〕の標本があったとする。それが伝えるのは、消えてしまい、悲しく、適合しない者が淘汰される話。小さい時に、大きな大きな白いVの字が胸に張り付いているのを見た時、勇猛さの証しで、いつでも獲物に飛びかかっていくように見えた。でも俺が手の指でちょっと優しく触ってみると、黒熊の開いた舌やむき出しの牙、鋭い爪先はどれもおとなしそうで、心の底で考えていた凶暴獰猛な熊の恐ろしさはちっとも感じなかった。それから俺たち子供らは着ぐるみの熊と写真を撮るかのように、次々と駆け寄っていき手と手を繋ぐポーズで記念写真を撮ったのだ。

俺は葉っぱの栞に透ける管の隙間から、黒熊や偉大なる領袖を覗いた。一枚一枚剝き取っては洗い、風で乾かして、浸しては沈めていき、それは外見だけで中身のないかたちとして残っていった。

時々ネルーダの少女の日記をパラパラめくっていると、突然怒りがこみ上げてくることがある——何でだ？　それがなぜか俺にはわからない。いつも俺は目を閉じて記憶の中にある彼女の体を撫で回す。まるで形のない幻影を撫でているかのように。クラウド上のデータベースのように、俺のサーバーやデスクトップパソコンに潜んでいて、いつも追いかけては、つけ回してくる。目を開けば、誰もいない座席となみなみと注がれたカップが、ここには何も存在しないのだと俺に気づかせる。僅かに残るのはスマートフォンのホーム画面にあるバラバラになった写真だけ。

もしも西暦七九年八月二十四日に戻れるのなら、ポンペイの人になる以外はない。心の中で晴らせないままの憂いと失意を抱えながら、襲ってくる火砕流に覆われて、一瞬のうちに化石になる。あらゆる感情はすべてホルマリン漬けにされて、生死の境を越えるのをとどめてしまう。生死の境目を抱えたまま、向こう側へと渡り、生き続けるのだ。千五百年後、人々は俺を見つける。まだ夢と情熱が冷めていない燃えかすを肌理《きめ》のあいだに残したまま、読み解かれて書かれるのを待っていることに気づくのだ。ポンペイの人々は皆、国宝級の化石になった。その中には母子や夫婦ががっちりと抱き合ったままの姿も珍しくない。千五百年間も抱き合ったままで、行動でもって抽象的な感情を表わしている。人々は彼らが抱き合うのを見ているうちに、百年、二百年、三百年、四百年と時間が経っていく。惜しまれて、忘れられて、彼らの感情が生き返ったり死んだりするのを見ていくのだ。でもそのあいだに何千何億の人々が消えていき、時間が密に詰まった線からは、たくさんの人が生まれてきた。生まれたばかり、死んだばかりの人影が行ったり来たりする。早送りの動作に急にめまいを感じて、ポンペイのカップルが抱き合ったまま、彼らの時間がゆっくりと拡大していくのが見えた。抱擁が何百億人もの命に変わる。彼らは最初から最後まで自分に何が起きたのか知るよしもないのに。

　がらんとした家に戻るとそこはまるで自分の空っぽの気持ちのようだった。関係ないことを考えているとポカンと空いてしまった気持ちを埋めてくれる。それには答えなど出ないし、俺とは関係ないのだから。最近、しょっちゅう落っこちていく夢ばかりみる。落ちていく夢をみたことがあるという人は少なくないけれど、それは記憶の奥底に潜む原始的な畏れから来ているんじゃないだろうか——みんな猿なんだ。木の上にいて、毒蛇や猛獣の攻撃から身を守らなければいけない。だからそうした夢の機能が気づかせてくれるのだ。二百歳、三百歳となった自分が現実世界にいる自分に気づかせてくれるのは、防御反応なのだろうか。その夢はまるで、もっと生きろとでも言っているかのようだった。

　墜落。数え切れないほど何回も、昼寝では落っこちていった後に目覚めてしまう。全身に汗をかき、生きていこうとする。いくつもの夜に、俺は真っ暗な中にまばたきをする。天上を見つめて物語の一コマや細かい展開を考える。眠る前に最後に思うのは、もう起きたくない、この世にもう何も期待できることなどないんだから、という気持ち。それからある晩、俺は何もないところに向かって考えをぶつけていく。反応なし。そして立ち上がり、明かりをつけ、パソコンを起動させて、ディスプレイに何かを打ち込むのだ。まるで遥か昔の人たちに向かって、覚えておくのにふさわしい出来事を伝えるかのように。それから落ち着いて、記憶を文字にかえて、千年ものあいだ背負ってきた符合に引き続き意味を持たせていく。そして次第に疲れていき、誰も読み解けなくなる。

　俺は一切合切の話を作り始めた。家、机、椅子、声を含めて。ゆっくりと試しながら作り上げていった妻や娘、遅かれ早かれ死んでしまう母親。その物語では高校教師で、俺の妻も高校の先生で、娘を育てている。ある日メールを受け取った。大学時代のガールフレンドからのものだった。この何日か、二人で過ごした日々が何度となく浮かんできて、今どうしてるのか気になったからということが短く書かれていた。何か秘密を隠しているかのように気持ちが震えた。周りの空気が熱くなり、何度となくどうやって返事しようか考えていた。

俺は返信した。数日後、小玲《シアオリン》と会った。カフェのソファで向かい合わせに座り、まるでどこも行くところがなくカフェに入り浸っていた昔のようだった。雨の粒が軒を打ち、落ちていった。俺たちは窓の外の雨模様がよく見える席に座り、びしょびしょの景色が彼女に口づけしようとさせた。彼女の舌先は俺には馴染みのあるものだった。まるで神経の先に眠っていた味覚が隠れていたかのように、思い出のすべてが急に浮かび上がった。彼女の好きな体位や入っていく感覚、濡れ具合さえもはっきり思い出した。それから俺たちは折れてしまった橋が繋がり合うように、手と手を繋いで近くのホテルへ向かったのだ。再びお互いの体を求めあい、燃え上がる強烈な欲望が爆発した。すべての思い出を描きなおしながら、二人で額縁の中へ寝そべっていった。

ホテルでおしゃべりをしていると、彼女が急にメールのことについて言った。ただ意味もなく送っただけという。でも本当に俺が今何をしているのかも知りたかったのだと。卒業して何年も会っていなかった。それからうなずいて言った。あなたのアソコ、全然大きくなってないわね。俺は笑いながら言った。でっかくなったらソワソワしちゃうかもよ。増大術は受けてないからね。

俺が今まで大好きだった学生時代の彼女のままだ。付き合っていた頃の率直で遠慮のないそぶりはそのままで、一番好きな性格だった。前はおっかなびっくり身を隠すようにしてホテルに行き、緊張しながらセックスしていた。臨時の立ち入り検査にビクビクしながら。その後は別に何も起きなかったけれど、終わった後のかったるいおしゃべりだけで、二人ともいつでもしゃべりながら眠れるような感じだった。テレビの音を小さくすると、リズムのよい鼻息がエアコンのウォンウォンという響きの中に交じりながら聞こえてきた。あらゆる気持ちが平坦になった。眠りから覚めた時にはただ年を取ったなとだけ思うのだ。それぞれ自分の人生を一人で歩み、街角で偶然出会って、また一緒にのぼっていく。

「ねえ、前に考えたことある？　こんな後にまたベッドで一緒だって」

「あるわよ。わたし、あなたと一緒になろうと思ってたの。知らない女と逃げちゃうなんて、考えもしなかった」

「そうだよな。俺の家にも何度も来てたしね。でも母さんが死んでからもう何年も経ったけどね……」

「あの人は？　それからは？」

「それから？　よく知らないよ。たぶんどこにでもいるような普通の男と結婚して、子供でも生んでるんだろうな」

「それあなたのことかもね」彼女はちょっと黙ってからまた言った。「ねえ、ずっとはっきりさせたくなかったんだけど、どうしてあの時別れたの？」

「今はっきりさせたいの？」

「うん」彼女は少し考えてから「やっぱりいいや」と言った。

俺もそうしない方がいいと思った。密かに広がる沈黙の中に入り込んでいった。彼女が軽くため息をつくまで。

「あなた全然変わってないわね……」

「どこが？」

「ずるいところ。あなたも、アソコも」

笑ってしまった。前から俺を笑わせる技がある。いつでもどこでも。俺は笑いが止まらなくなり、彼女もそれにつられて笑った。落ち着いてから、言った。「まったくさあ、たいしたもんだよ。俺だってどうして別れなきゃいけないのかわからなかったけど……」

「何言ってるの」彼女は軽く笑いながら言った。

それからホテルを出て、それぞれ自分の家の方へ向かって帰っていった。目の前にある道路はまるで俺たちが歩くたびに両側へ開いていくかのようだった。

一日の授業が終わってから、俺は掃除の時間に退勤した。夕方になりかけた太陽はもう熱くなかった。家とは反対方向に進み、小玲が仕事をしているところを見てみようと思った。俺たちは数日前にホテルにもぐりこみ、まあまあ悪くない休憩時間を一緒に過ごした。まるでお腹が温まるアフタヌーンティでも飲んだかのように。彼女には行くと言っていなかった。夕方前の時間にどこかぶらぶらしなくちゃ、と思っただけで、最初に頭の中に飛び込んできたのは「小玲のところに行こう！」という気持ちだった。そんなふうに思ったけれど、実際そうしようとすると面倒だった。彼女が働いているフロアはおぼろげに覚えていたけれど、どの会社だったか確信が持てなかった。そこで近くのカフェを探して席に座り、ショートメールを打ってから、ゆっくりとテーブルの上のホットコーヒーを啜った。気持ちは川の流れのように続く車の騒音とともに過ぎていった。前に小玲と過ごした時の一つ一つの動き、話しかけた言葉、ふざけあった冗談。はっきり目の前に浮かんできては消えていった。どうして彼女と別れてしまったのだろう。ますますわからなくなった。魔が差したのか、あるいは神のなせる技だったのだろう。でも考えれば考えるほど、納得できる十分な理由が見あたらなかった。

　一番最初はサークルの主催イベントで、だった。さんざん話し合っていたら、自然に感情もわいてきた。サークルメンバーも俺たちが一緒になるだろうと当然思っていて、結局一緒になった。ちょっとばかり付き合ってから、お互いの声や動きに慣れるようになった。続けて相手の体の細かいところにも詳しくなり、それからいろいろ姿勢や場所で試してみた。性愛に対して、彼女は恥ずかしがらず、逆に自然と俺がアダルトビデオから学んだ動作や体位を受け入れるようになった。こうした男女のことはまるで野球をしたりヨガをして健康を保つかのようだった。もちろん俺は直感的にセックスする時の彼女の眼差しや表情を思い返した。別れてからこんなに経ったのに、まるで入れ墨のように視覚に残り、俺の愛情と性愛への気持ちをコントロールしてしまう。それ以来、彼女ほど協力的で自然に意気投合できる女の子とは逢わなかった。その後に出逢った女の子たちは偶然にもみんな男女関係で傷を負っていて、俺は、と言えば彼女たちが傷を治すのに乗り気ではない恋人失格者。とある女の子は、彼氏に浮気されても、最後まで別れを切り出すことができなかった。どうしてそんなにやせ我慢してるのと聞くと、彼女はただ、どんなことされてもいい人だと思うの、と言うだけだった。感心するような女の子だったけど、体位では、俺と、そりが合わず、口を使ったテクニックも下手くそだったので、そのうち俺たちは別れてしまった。何回かこんな感じの短い恋愛が終わると、逆に小玲がセックスのテクニックをすべて持っていて生まれながらにして上手いんだろうなと思ったりした。だからますます彼女が懐かしくなり、どうして彼女と別れたのか理解できなかったのだ。

コーヒーを飲み終わるまでのあいだ、小玲は返事を寄こさなかった。

俺は腕時計を見た。そろそろ家に帰らなくちゃ。

家の中は暗く、誰もいなかった。前にどこかで読んだことがあるけれども、自分で行きづまりの道を歩く人は皆恐ろしいほど孤独で、自分自身さえも呑み込んでしまうという。だから何かを飼う必要がある。ペットの犬や猫でもいいし、熱帯魚でもいい。あまり世話が焼けなくて勝手に育つサボテンでもいい。そうして存在する命はポジティブなエネルギーとなり、悲観的なことを打ち消してくれる。家には誰もいなかった。ペットもいなければ、サボテンもない。ただ、便器やソファなど無生物のものがあるだけだった。

俺は自分が、とっくの昔に出ていった父親というものを封印してしまった標本なのだと思った。

母さんは俺の体からあの人と母さん自身の特徴を探すことができる。ちょっとした仕草や習慣から、俺を青年版レプリカとして見なす。この家は気づかないうちに小さくなっていくんじゃないかと思った。部屋全体の照明が暗くなり、自分と虚構の自分が、ゆっくり同じ空間で一つになる。俺は母さんの生命が終わりに近づき、顔からは完全に表情がなくなっているのを見て取った。複雑で込み入った、言葉にできないような気持ちはもう顔には出てなかった。母さんの顔は痛みですすがれて、残るのは異常なほど混じりけのない疲労感だけ。いつも一日中、俺たち母子はこうしてお互いに向かい合っていた。互いのあいだには平凡な空気が流れ、言葉が途切れ途切れに出て行った。

前に父親を捜しに行こうとしたことがある。遠くからその人を見て、その人とほかの人が一緒にいるところを見れば、もしかすると俺たちから離れていった手がかりが見つかるかもしれないと思った。去って行った理由を探した。児童の発育を専門とする心理学者の多くは言っている。父親が長いあいだいないことは男の子の成長過程で常に焦燥感を感じさせ、男の子は父親の代わりに尊敬や真似するに足る青年男性を常に探していると。だから男の子の多くは思春期にはスポーツ選手を熱狂的に追いかけ、視覚的にステレオタイプな男っぽさと自己同一をはかる。そして性格から意図的に女っぽさを排除しようとし、自分たちが思い描く成人男性のイメージに入っていく。俺はこうした考えに反対しない。ある程度のところでは、確かに俺の境遇でも説明することができる。でもまだまだ足りないんだ。自分の目で父親の今の姿をどうしても見ておきたかった。

結果、あの日帰宅する途中で、俺はずっとがっかりしていた。こうしたちょっとした失意は、決して自分の父親に対する過度な期待から来るものではないとわかっていた。初めて平凡な姿を知ったからだ。

　おそらくどんなに努力してもあのように平凡な父親にはなれないだろう。俺の体は、やはりどうしてもあの人の方へ吸い寄せられていき、ますます似てきた。まるで自分が二十数年後に老けていったバージョンを早くも見てしまったかのようだった。あの人は母さんと俺から離れ、別の平凡な女と一緒になり女の子を育てた。父親は道ばたで出会う中年のおっさんとたいした違いはなかった。首を縮ませて下品でせこせこした嫌な感じがしたほどだった。あの人の妻は街中で見る中年のおばちゃんと大差なかった。立体感に欠けた感じでそばに立っていたほどだった。二人の女の子は見た感じ、俺よりも少し年下なだけ。でも意外にも綺麗で淑やかな感じで、どこにでもいるような父母とは異なる優雅さがあった。あの人たちの表情は見た感じでは良いとも言えないし悪いとも言えない。どちらにしろ俺はまったくそうした家庭には入っていけなかった。勝手に近づいていき、「ねえ、今から一緒に暮らさせてよ」なんてしきりに言えるはずがない。

　この上なくまともな休日の午後に、遠くからその一家を見つめていた。父親が一人で車を洗い、片手で泡ぶくだらけのバケツを提げて、もう片方ではスポンジを握りしめ、細かいところまで我慢強く車を洗っている。とんでもない高級車ではなく、たいていの人がちょうど買うことのできるような日本車。あの人の妻と娘はそれぞれ家の中で出たり入ったりしていて、おそらく掃除でもしているのだろう。自分の生活空間を常に整理整頓しているかのようで、綺麗好きな様子は涙が出るほどだった。父親は、なんと家を出て行った後に、別の人の親になり、夫になり、きれいさっぱりとした暮らしをしているじゃないか。母さんと俺には経験したことさえなかった。

車全体が白いあぶくに埋もれていた。丸く渦巻き状になった泡の跡がボディに残っている。ゆったりと自分の愛車を洗っていた。俺は洗い終わるところまで見届けず、すすぎの水をかけた頃にそこを離れた。その車が混じりけのないほど綺麗に変わるのを見るのが怖かったのだ。あの人たちの平凡な暮らしのようで。それは俺がきちんとしていないことを意味していた。

父親はやはり母さんにお線香を上げに戻ってきた。お通夜の夜だった。飾り立てた祭壇のところにはちょうど親戚はいなかった。まるでおばけのように全身黒ずくめで無言のまま現れた。母さんと一緒に遠出でもするかのように。あの人は途中で何か持ってくるのを忘れてしまったことに気づき、引き返して取りに帰った。線香三本に火をともし、燃え上がる線香を振り払った。白い煙がくねくねと立ち上がり、俺は手渡した。あの人は厳粛な面持ちで、口ではぶつぶつとお経を唱えていた。ものすごく低い声で、まるで母さんの耳にだけ聞こえるかのように。体を曲げて拝み、素早く線香を香炉の中に差し込んで、こちらを振り返らずに帰っていくのを見届けた。俺はあの人の背後にさす黒い影を見つめていた。次第に伸びていき、周囲の闇夜と溶け合いながら、街灯が照らす明かりに隠れて、小さくなっていくまで。おばけのようにやって来て、急にまばらになりながら散っていった。あの人は死んでいなかった。頑固な幽霊のようにいつまでも脳裏に渦巻いて離れなかった。母さんに代わって生きるように暮らしている。薄くなっていく背中を見ていると、まもなく車のエンジンの音が響いていった。俺は父親がしっかり生きていることに気づいた。しかもこれからしばらくは生き続け、もしかしたら俺がはっきりしている間よりも長いかもしれないということを。

　この時、ようやく父親が母さんの最期の顔を見ていなかったことに気づいた。母さんは眠っているかのように、冷たく凍るほどの冷蔵庫に寝そべっていた。下顎は銀紙［死者を弔う紙銭］に埋もれて、清代高級官僚の夫人にでもなったかのようだった。頭には帯を巻き付け、蓮の花の模様を散りばめた淡い紫色のシルクの服を着ていた。まるで目覚めた後には直接十九世紀末の世界に生きるみたいに。冷蔵庫は電気の消費電力が大きく、いつも咳き込んだような音で震えながら、広間の照明がチカチカしていた。深夜になると、近所では神々を祀る客間の赤くぼんやりした光だけが差していた。夜はますます深くなっていき、さらに寒々しくなった。俺は自分でお湯を沸かし、熱いお茶を淹れた。その時突然父親がきれいさっぱりとした暮らしを送ろうとした決意がわかったような気がした。

　俺は道士の導きのもとで、名前を書き拇印を押した。何千何万という紙の小判を母さんのために焼いたのだ。とっさに母さんは高級官僚の夫人に戻るのだろうと思った。身の回りには小間使いさんが数人いるんだろうな。二、三人は売られてきたのかな。でも、しっかりとお世話してもらえるならば、俺は安心だ。

　広間にあった祭壇を取り外した後、家の中はすぐに何もなくなってしまった。まるで今までぎゅうぎゅうに詰めていた家具やこまごまとした物が、母さんと一緒に別の世界に行ってしまったかのように。とある日の午後を思い出した。母さんは家においてある化粧品を持ってきてと言った。化粧台に置いてあるものすべてだ。

「これだと濃すぎる？」夜に眠る前、気分がよい時には一時間かけて顔に塗りたくっていた。アイブロウやアイシャドウを引き、アイラッシュまで付けた。化粧は濃くなかったが、母さんの艶がなくなり表情の欠けた顔を覆い隠すことができた。

「そんなことないよ！　元気な感じだよ。色っぽいね、誰かとデート？」

「何言ってるのよ、もう五十なのに色っぽいなんて言って」母さんの微笑みは開いたばかりの花のようだったが、すぐに消えてしまった。

「仕方ないわよね。わたし、ずっと綺麗でいるのが好きだったから」

　時間をかけて化粧をした母さんは、ただ静かに横になって、眠りにつこうと頑張っていた。どうやら夢の中で誰かとデートでもしているようだ。それとも、うたた寝をしながら誰かが迎えに来るのを待っているだけなのか。俺は母さんを見ながら、この姿が今まで数十年ものあいだ俺の目の前にいた時の記憶に変わってしまわないことを願った。あの時母さんは元気で、大声で笑っていた。俺は父親を捜しに行こうと思うほど、まだ大きくはなかった。

　相思相愛で結婚したと思うのは早計だ。別れたことで自分が今まで相手を真剣に愛していなかったのを感じるというような結論も、現状と合わない。もっと考えるべきなのだろう。俺はどうして結婚しようと思ったのか。今思いかえすと冥王星のように遥か彼方のことで、おそらく思い出せないような理由で結婚したのだろう。

一時の衝動ならそれでいい。愛情によって頭をはっきりさせて終わりだから。真剣にその決定を下すのなら、俺は全身を震わせて、自分がどうして疑うところもなく無情にも相手を傷つけるのか、ということを考えるだろう。ちょっと後になって考えてみると、そんなに愛していないのなら、どうして子供までもうけるのだろう？——それは逆に簡単なことなのかもしれない。子供が愛情の足りない暮らしを救い、優しさに満ちた暮らしに変えてくれると思っているからだ。その結果、子供は言い訳で、愛情そのものをおろそかにしてしまう。

真っ暗な部屋の中に落ちていく細かな光を見つめると、弱々しいきらめきが娘専用のソファに反射しているのが目に入った。娘の動作や話し方を思い出そうとしたけれど、そのイメージはごちゃごちゃだった。ほとんど想像で、記憶とは言えなかった。もしかしたら娘は心底怒りながらそこに座っていたのかもしれない。母親が買ってあげた小さなソファが嫌いだったのかもしれない。抱き上げて、太陽系の九大惑星の話をしたけれども、時々娘がいら立っているのを感じ、声を聞いて失敗したなと思うくらいだった。俺は申し訳なく思った。理由もなく生んでしまい、俺の娘にしてしまった。しかも間もなくすると俺に傷つけられるんだ。内心ではこう思ったけれど、妻が手伝ってと言ってくると、やはり頑張って応じてしまう。でもいつも下手くそにオムツを換えたりミルクを温めたりした後で、「ほら、わたしやるから！」と大声で言われ、娘と俺の関係は断ち切られてしまう。目覚めると娘が急に七歳になったかのように感じた。俺の人生が十年間も飛び越えて、娘が学校へ上がるのが見えた。娘は俺にじゃあねと言った。俺もじゃあねと言い返した。

それから今いる誰も人がいない薄暗い家の中で、起こるかもしれない展開を一つ一つ考えていった。西暦七九年八月二十四日にヴェスヴィオ山が噴火して、一瞬のうちに化石と化してしまった二万人のポンペイの人たちのことを考えた。天地を覆い隠す煙霧は、高度一万五千メートルにも達した吹き上げる火山の溶岩と火山灰を混ぜながら、ポンペイの町を覆っていった。とてつもない勢いで落ちてくる石ころの大雨は、耳がダメになるほどぶつかる音だった。でもその一瞬、世界のあらゆる音が一気に吸い取られ、完全な静寂に包まれたのだ。目を覆うほどの火山灰がマグマに降りかかり、ぐるぐると渦巻き噴射した。ポンペイの人々は微動だにせず、暗い影ばかりの火砕流が津波のように音を立てて流れてくるのを見ている。百分の一秒のひんやりと冷たい沈黙を感じた後で、歴史の中に巻き込まれていくこまごまとしたものを覆いながら、忘れられた堆積物となっていった。二万人の集団が消えた。死んでいく姿勢と感情も二万通りあったのだ。

ポンペイの町の物語にはどうしても考えてしまうところがある。火山が大噴火する前に何日もたまった大便をひねり出していたのなら、大爆発前の地殻変動はおそらく便意に影響するのだろう。地震が止まった後で、ようやく出るかと思ったけれど、頭の上を飛び交う石ころが心配で、肛門から大きなものを振り切ろうとした時には一緒に冥途へ落っこちていく。恨みを飲んで死ぬのは、死んでも死に切れない。こんなふうに死んでいく状況を考えながら、二万通りの死に方も考えてみた。生命の本質なんて荒唐無稽。ほかに何があるのか。

　でもどうしてだろう。いつも物事を考えると、どうでもいいようなことをぶち込んでいくのは？　二千年前も昔の古きイタリアの雰囲気を漂わす石膏の人間など俺とは関係ない。それじゃあ、この真っ暗なリビングのソファで、気持ちを集中させてその理由を考えてみよう。そうなのだ。だから俺は頑張って考えなきゃ。もしかすると今晩眠る前には答えが出るのかもしれないから。

　でも答えはポンペイの町に埋まった遥か大昔のウンコの化石のように、誰も見つけ出すことはできないのだ。だから、俺は眠ることにした。

　ビクッとした。何か音が聞こえたからだ。部屋の外のリビングに明かりはついてない。外で点滅する街灯は独りぼっちで、虫が飛び回っていた。車は一台も通っていない。田舎の夜は暗くなるのがとっても早い。夜のニュースが終わった頃には、外の道路には一時間に二、三台の車が通り過ぎるくらいしかない。高校の時はいつも学校の寮にいたから、ここにいた記憶などほとんどないのだ。俺は週末になっても実家には戻らないような学校に住み着く生徒だった。舎監は退役軍人で、俺が戻らないのを見かけるたびに、オートバイに乗せて一時間も町まで走り映画を観せてくれた。一晩中、こんなふうにして行ったり来たりしては消耗し、戻ってきた時には熱いお茶を淹れて瓜子《グワズ》［ひまわりの種などを炒ったお茶請け］を咬むくらいだった。舎監室はとても小さく、その中は軍人のようなきちんとしたにおいに満ちていた。時々音楽を流しながら、舎監の思い出話や別れた妻と娘のことなどをおしゃべりした。卒業して一、二年は、時間があれば学校まで行き舎監とおしゃべりをした。先生たちや生徒たちのどうでもいい近況について話し、時々気持ちの空白を埋めたりした。おおかたは、俺はただ黙って聞いているだけだった。時々相づちを打っていると、気の利いたことを言う時などほとんどなかった。舎監の部屋に座り、天上の隅を見上げていると、いつも在学中のことを思い出した。まるで映画でスクリーンが切り替わるかのように、頭を上げたり下ろしたりしていると、十歳も老けてしまったと感じるのだ。淡い星のような記憶は真っ暗な田舎の夜に、波のように何度も押し寄せては引いていく。何かを思い出そうとしても思い出せない。この繰り返し。頭の中であの高校教師はどんなふうにしてこの一夜を過ごしたのだろうかと考えていた。舎監を眠らせずに寂しくさせておくべきだろうか？　それとも、うたた寝をさせながら絶えず揺り起こす方がいいのか？　それとも、いっそのこと自分がほかのところで人生を歩んでいるかのように、ぐっすり眠らせておくべきだろうか？……こうした考えが取っかかえ引っかかえして、俺は、現実の中で眠りながら考えていった。

夜に目が覚めると、一生でこんなに気持ちよく目覚めたことがないように感じた。こうしたすがすがしさは、目覚めてからゆっくりと感じていくものだ。でも俺の意識では眠りの境目から出てくる時、突然生き生きと飛び出てくるのだった。まるで高速エレベーターにそのまま乗り込んで、高層ビルの最上階まで一気に駆け上がるような感覚だ。ワンフロアずつ上がっていくのではない。そんな感じだった。周りを見回しても、自分のベッド、部屋があるだけで、部屋の外へ出ても妙な音は聞こえなかったので、落ち着かないほどはっきりしてきた。リビングとソファは声を出さずに俺が座り込むのを待っていた。それは風が吹いてきて、夜の体温がゆっくり下がっていくような感じだった。

　しばらくぼうっと座っていると、俺を取り囲む暗闇には明るくなるようなところがちっともなかった。突然考えがナイフで突き刺すように放心状態の俺の中に入ってきた。一文字も書けずに死んでいくのを恐れるかのように、大急ぎで部屋に戻り、明かりを全開にし、パソコンを起動させて長らく中断していた小説の続きを書き始めた。母親を亡くした、あの孤独な若者の物語だ。言葉が並んで行進するかのように一行一行、俺の頭の中に入っていく。それから手や指を通してパソコンのディスプレイに打ち込まれていく。空白だったファイルには一行一行埋め込められ、指図を受けずに、あるいは先を争うようにわき出てくる。字と字のあいだは句読点を使って分かち書きすることも間に合わないくらい跳ね上がる。精神を集中させてキーボードを打ち込んで書いていると、いつの間にか外の明かりが、蟻が這い上がるかのように、ゆっくりと室内に差してきた。太陽の光が蛍光灯の明かりを覆い隠し、俺はようやく書くのを止め、空がすっかり明るくなったことに気づいた。

　真夜中に起きてから書き上げた内容をもう一度確認してみた。若者の母親が病気で亡くなり、父親はとっくの昔に家を捨てていて、その若者は完全に一人になってしまったというような感じのものだった。兄弟はいない。親しい親戚もいない。母親の葬儀が済んでから、その後に残ったこまごまとしたことを片づけた。ふるさとを完全に捨てて、都市の人になり、故郷のない孤独な人間になろうとしていた。空っぽになった家で、俺と同じように一人で、意識ははっきりしていた。光るディスプレイに向かって孤独に何かを打ち込んでいく。文字がわき出てくるのに任せて、自分はまだ生きてるんだ、虚構の世界を作り出すだけのちからがあるんだ、と何度も感じた。それから、物語が書けさえすれば生きていたっていい、とさえ思うようになった。俺が手を止めたその瞬間、彼は一人で家の中から外の街灯に目をやり、それが寂しく光りながら螺旋をえがく虫を寄せつけているのを眺めた。静かに眺めながら、考えていた。いったいこの暮らしはいつになれば終わるのだろう、もしかすると明るい続きが視線の尽きるところで待っているのだろうか、と。彼にはわからなかった。俺はパソコンを閉じ、シャワーを浴びて頭を冷やし、今日の授業の準備をした。家を出る前に、俺はもう一度リビングに目をやった。家具はいつも通りもとの場所にあった。すべてがいつもと同じだった。でも俺の心には何か燃えるものがあった。体の中でゆっくりと炎を上げていた。

ここまで書いた時、トイレに行きたくなった。部屋の外は静かで真っ暗。誰もいなかった。心配事も俺にはなくて、これからどうやって物語を繋げていこうかと考えていた。インスタントコーヒーをかき混ぜていると、周りの声はどこか遠くへ飛んでいってしまったかのようだった。深夜の真っ只中に、規則正しく飛び跳ねる内臓にくるまれながら、暖かく静かだった。小説の中の高校教師と同じように、誰も気にかけず誰も読まないような小説を書きながら、一人でフィクションの世界に向かっている。その世界の入り口を広げながら。でももしかすると、そんなこと必要ないのかもしれない。この世ではおそらく俺だけがそこに入りたがっているのだから。ほかの人を入れるような穴など作る必要はないのだ。

もうすぐここから離れなくちゃ。自分がこの場所、家と呼ばれるこの場所に対して、漠然としたものを感じていた。小さい時にはもうとっくに、ここでは暮らしていなかった。週末の帰宅も別の一人部屋の宿舎に移っただけだった。静かに漫画を読みながら、体全体を枝葉のように長く伸ばして四角い絵の中のフィクションの世界に浸っていると、しばらくは一人でいることを忘れることができた。正直に言うと、その時俺は母さんが何をそんなに忙しくしているのか全然わからなかった。午後に起き出して、いつも髪をとかして化粧をしてから車を出し、出かけていくことしか知らなかった。母さんは子供をいつも見つめているような母親ではなかった。自由にさせてくれたけれど、時々その有り余る自由をどのように消化すればいいのかわからなくなるくらいだった。今深夜に目を覚ますと、いつも昔のはっきりと数え切れないほど孤独な夜を思い返すのだった。

俺は思わず月に着地した宇宙飛行士のことを考えた。彼らは別の世界に身を置いた初めての人類だ。天体の表面をゆっくりと歩き、足跡を残し、国旗を差し込んで、さまざまな研究資料やデータを集めた。同時に、無限に広がる真っ暗な空を仰ぎ見て、星はあんなに遠く、光は青白いのかと思ったのだ。

9

この辺りでは夜になるのが特に早い。夜全体を深く真っ黒に染め上げる。裏の窓から見てみると、背の低い養魚池の小屋以外に、明かりのついている窓はほとんどない。星が動く音さえも聞こえるほどひっそりとしている。

　葬儀が終わってから、特に急ぐ仕事もなかったので、ずっとここで母さんが死んだ後に残した家全体に散らばったこまごましたものを片づけていた。母さんは早くからこの田舎で最期を迎えようと決め養魚池を埋め立てた平屋を探していた。よその場所で勉強していたから、俺が家に帰ることは少なかった。いつも母さんは一人で寝起きし、近くのカラオケや飲食を供する店で仕事をしながら生活費を稼いでいた。持ち物は決して多くはなかった。衣服は知り合いに選ばせて、持って行けるものはすべて持って行かせ、残りはすべて廃品回収にまわした。使わない家電製品も知り合いのおじさんやおばさんたちにあげてしまった。残ったものはすべて俺自身のものだった。おおかた片づいた。もともと自分が家に持って帰ったガラクタは少なくないと思っていたけれど、五、六箱の段ボールにしかならなかった。長いあいだ外にいたから、身の回りのものは長くは残らないということを知っていた。残す必要のないものは、とっくに捨ててしまった。母さんが残したものを片づけると、次は目の前にあるこの平屋だった。この数日、暇ができてから俺は何も考えなかった。でも小説を書きたいという気持ちは訳もなく飛び跳ねてきた。すぐに持ってきたパソコンを開き、何日も文章を打ち込んだ。特に何かを言いたかったわけではない。何かを書いていた方が、心の中もすっきりするかと思ったのだ。

　毎日平屋にこもっていると、これからその家を引き取るおばさんが様子を見にやってきた。俺に向かって調子はどうだいと聞いてくると、まあまあってところかな、家の中はゆっくり片づけてるから、あと数日で終わるよ、といつも答えた。実際は小説を書き始めてから、俺はほとんど片づけをしていなかった。ただ書くのに没頭していた。一気に書き上げようとするのではなく、書ける時に書きたいだけ書いた。こうして一心に一つのことに向かうのは、俺の気持ちにもよい影響を与えてくれるのだろう。書く時に、不注意にも母さんや前のガールフレンドに触れる物語を書いてしまった。もともと記憶力のよくない自分はほとんど忘れてしまったことだった。でもネルーダの少女と肩を並べて一緒に台電ビルのあいだを歩いた時、突然俺の手を握った一部始終ははっきりと覚えていた。手のひらの温度や指の感触なども形の見えない痕となって残っていた。

　こんなふうに書いていると、一週間が過ぎてしまった。パソコンには百数ページものファイルができた。俺が家と呼ぶこの場所を離れる前、午後にゴミ収集車が回ってきた時、俺は自分のガラクタが詰まった五、六箱の段ボールをすべて清掃車の汚れたお腹にぶち込んだ。近所のゴミ袋と一緒に粉砕され、ぐちゃぐちゃになるのを見ていた。収集車の汚れたテールランプが遠ざかっていくのを見ていると、どうして自分が一緒に飛び込まなかったのかと思えてきた。身の回りに残ったものは、帰ってきてから母さんに付き添った際の荷物一つだけだった。すがすがしく去ることができればよっぽどよかったのに。結局、書き残すべきものは書き残したのだ。三次元で立体感のあったものが一つ一つ二次元の平たい文字や符号になり、俺はどこへでも持っていけるようになった。

　翌日おばさんに鍵をすべて引き渡す時、どうしてそんなに持ち物が少ないの、と聞かれた。俺は嘘をついて引っ越し業者に台北へ送ってもらったんだよと答えた。おばさんは微笑みながら、暇があれば遊びに戻っておいでと言ってくれた。俺は笑いながら、わかったよ、時間があればね、と返した。でもお互いにわかっていた。俺はもう二度とここへは戻ってこないと。そこを離れた日の午後は太陽がとても暖かかった。十一月の冬の嵐がまだ来ないよい天気だった。別れの日にはちょうど良かった。その手荷物以外に、俺は母さんがくれた、体、を持っているのだから。

　なんだか柔らかいにおいが俺の鼻先を衝き、細かい髪の毛のくずのように飛んでいった。俺の鼻毛が猛烈に動き始め、大きなくしゃみがでた。くしゃみをすると、鼓膜はしばらく小さい音を感じなかった。その言葉が響いてくるまで。

「パパやっと起きた！」女の子の声が聞こえた。目を開けると、女の子が俺の胸元に飛び込み、人懐っこく抱っこしてと言っていた。俺は頭を上げて隣の女性を見た。本当にだめねっというような表情で、冷めた眼差しでこちらを見ている。俺は思い返した。俺の妻なんだ。見ているだけで、会話はなく、少し冷淡でもあった。でも俺は触らなくてもその暖かみを感じた。夢じゃないのかと思った。その後でそれがちょっと前に見たイメージの残像なのだとわかった。でも俺はその時二人に向かって話しかけていたのだけれども。

「戻ってきたんだね……だいぶ寝てたかな？」俺は妻に向かって聞いた。

「そうね」妻は眉間を緩めながら頷いた。「戻ってきてから二時間くらい経ったわよ」

「全然そんな感じしないね。十分くらいかなと思った」俺は右手を伸ばして人差し指と親指でジェスチャーをした。娘は俺の胸元で転がりながら遊んでいた。

「そうよ、変でしょう。十数時間寝ても、七、八時間しか寝てないって思う時もあるんだから」妻の口調は穏やかだった。頭を下げて手元の雑誌をめくりながら、ゆっくりと俺に言った。妻が座っている隣にお茶が入れてあるのが見えた。一本の糸で小さな四角い紙と繋がっている。なぜかわからないけれど、俺は妻がティーバッグの糸をマグカップの耳に二回巻き付ける癖があるのを覚えていた。

　そのお茶はちょうどそんな感じだった。カップの茶色い液体は四分の一ほどしか残っていなかった。それは妻の癖でもあって、いつもお茶を飲み干さないのだ。カップ一杯のお茶のようなどうでもいいことを、なぜか覚えている。しかもナイフの刃のようにはっきりと。そうした感覚をこの親子を数分見ているだけで、たった数百秒の時間で、二人の表情やジェスチャー、癖を見て取ることができた。そしてそれは、俺たちが家族である、ということの必須要素ではないだろうかとさえ思った。二人の様子は俺の眼で見ることでやっと輝き始めるし、俺もまたそんな感じだった。そこで俺たちはナイフの刃のような感じの家庭になる。娘を抱き上げ高い高いをして、両足を俺の両肩にかけさせると、確かに娘の重さを感じた。父親の娘に対するデリケートさっていうものは、二度と高い高いができなくなるまでを数える砂時計を見ながら、ゆっくりと広がっていった。あと数年すれば、俺の両腕や胸元など必要なくなるだろう。そんなものは別の男の専売特許になるのだ。

「お腹すいた?」妻が聞いた。

「ちょっとね」娘は隣ではしゃぎながら、外へ出て夜市で何か食べたいと大きな声をあげた。妻は立ち上がってカップを持って行き、キッチンの流しですすいだ。妻が言った。じゃあ着替えてから出かけようか。ものすごく普段どおりの休みの日の午後だった。もうすぐ夕方だけど、部屋の中では明かりをつけていない。外の暗闇がゆっくりと家の中に歩み寄ってくる。光がすべて斜めに押しつぶされて、酔っ払いの男が千鳥足で部屋の中に入ってくるかのように感じ。妻はスキップする娘を連れて、リビングの部屋で服を着替えさせた。二人の影は暗闇の中に隠れていき、動きはとても軽かった。服を脱いだり着たりするカサコソという小さな音まで聞こえるくらいだった。

これは俺がまた別の眠りから覚めてから考えたことだ。まるでいつまでも普段の休みの日の夕方を覚えていて、毎週末の夕方の時間を縮図にするかのようだった。俺は体を横にして頬杖をつき、妻が熟睡する横顔を見た。自然とテンポよく鼻息が出ていた。頭の中にある場面が浮かんだ。

「あ、名前、変えたね？」

「そうよ。今までの人生、最悪だったから、もう一度やり直そうと思って」

「前の名前もよかったけどね……」俺は身分証に写っている見たことがなかった写真を眺めながら、その時ようやく新しい名前になったことに気づいた。彼女は本当に完全に記憶の中の人になってしまった。

「嫌なことなんて何もないのよ。でももう一回やり直そうと思って。もしかしたら処女膜だって張り直せるかもしれないわ」なんていう冗談なんだ。全然笑えない。

「知ってる？　今はね、誰も私のこと昔の名前でなんか呼ばないのよ。職場の人はみんなフィオナとか、新しい名前の方で呼ぶの。あなただけよ、小玲《シアオリン》なんて呼ぶのは……」彼女は言葉を止めて言った。「今度会ってみて、突然大学時代の思い出がぱっと飛び出てきたわ。それから思ったんだけど……」

「思った？」

「わたしたちのことよ。あの時あなた、私のこと小玲って呼んでくれて、大学の同級生も、サークルの友だちもみんな小玲と呼んでくれた。なんだかジャイアンにお風呂に入っているところを盗み見されてもジャイアンと結婚して年取ったしずかちゃんみたいね。あの名前にはね、学生時代とその前の記憶がすべて詰まってるのよ。だからあの日あなたが小玲って呼んでくれた時、たくさんの思い出が全部出てきたの」

「うん……」とっさに俺はどう答えたらよいかわからなかった。ただ、静かに彼女が続けて話すのを待っていた。

「名前変えるのは面倒なのよ。銀行口座とか身分証とか、すべて変えなきゃいけないし、昔からの友だちに会うとやっぱり昔の名前で呼ばれちゃうし。だから結果として私に忠告しているようなものなの。逃げられないわよ、あなたは小玲なんだから、って。どんな名前に変えても、あいかわらず何も変わらないわ。何も変わらないのよ」

「もともとそうなんだよ……」

「わかってないわね」彼女はため息をついた。「全然わかってないわね、別れてからどんなに苦しかったか。ねえ、あなたは私の初恋の人だったのよ、最初の男だったの。私は自分の弱いところすべてをあなたに渡しちゃったの。結局あなたみたいな男が全部めちゃくちゃにするのよ。あの時いつもものすごく悲しくて、頭にきてた。理由なく泣けてきて、一晩中涙が止まらなかったの。何日も眼が腫れちゃって」彼女の口調は軽かった。まるでほかの人が体験した恋愛の辛さを話したり、オーブンの説明書を読み上げるかのようだった。

「あの時何か考えるとすぐヒステリックになって、死にたかった。わかってるの?」

　俺は首を振った。

「ほかの女と寝てセックスして楽しんでるんだろうなと思うと、私とても辛くて。その女は私じゃないのに、あなたったらまた同じ姿勢でやってるでしょ。しかも優しくて頑張っちゃって、私に試した四十八手すべて使って。あなた、前に私と約束したでしょ。ほかの女で試した体位で絶対に決めないって。それなのに守ってないじゃない」

「おいおい、エッチしてるところ踏み込んだわけじゃないんだから。どうしてほかの女とどう寝てるかまで言えるの？」

「バカじゃないの。頭で考えればわかるのよ！　ねえ、あなたのこと知らないって言うの？　しかも考えれば辛いのに、でもやめられなくて、ずっと考えちゃう。あなた本当に約束守ってるって言えるの」

「いや」

「じゃあ、そうじゃない」

「じゃあ何で突然連絡を寄こしたの？」

「あなたのこと、いろんな人から聞いたのよ。大学院修了して、先生になって、結婚して子供ができて……。わたししっかり気持ちの準備できたから、だからあなたに会って自分があなたのことを直視できるかどうか試してみたかったの」

「大人になったなあ」

「当たり前じゃない。あなたに会った時、小玲って呼ばれて、思い出が全部飛び出てきたわ。あなたのこと見ながら、考えたの。わあ、わたしこの人のあそこを舐めたことあるんだって。それから自分で一番見られたくない部分も全部この人には見られちゃったんだって……」彼女は数秒考えた。「アナルなんかもね。自分じゃ見たことないのに。あなた、わたしがいつからこんなこといきなり言うようになったか考えてるんでしょ？」

「ちょっとね」実は内心では大いにびっくりしていた。

「あなたが知らないあいだにね。たくさんのことが知らないあいだに変わってるのよ。いつ名前を変えに行ったのか知ってるの？」

「知らない」

「あなたがほかの女と一緒だった時よ。別れてから一カ月くらいの時。あなた本当にクズね」

本当におかしい。この子は飽きもせず昔のことをしゃべり続けているけれど、話す口調はあっさりしている。かすかに笑って、悲しんで、どうしようもないっていう感じで。彼女が話すことには反論できなかった。彼女が苦しんでいる愛に同情することもできなかった。俺は本当に自分に同情なんてできないのだ。彼女は全部本当だと言っていた。しかもほとんど俺が知らないことだって。

「それからね、ちょっと考えたの。私たちが見ることできなかった未来のこと。私たち、まるで点線のようにずっと伸びていくの」

「で、俺たちはそれでもそこでエッチしてるわけ？」

「自分のことそんなにバカだと思わないでよ。わたしのためにさ、昔のあなたのままでいてくれない？　乳首ばっかり触らないでよ、全部しゃべらせてよ」

俺は手を止めて、彼女に話させた。

「わたしね、思うの。もし私たちがまだ一緒でも、たぶんあなたは今と同じだって。私も今とそんなに変わらなくて、でも同棲したり結婚したりしてるの。子供はいなくて。普段はお互い仕事で忙しくて、休みの日には時々出かけたり、ただ家にいてゴロゴロしてるだけ。たぶんあなたに怠け者とか家事しない女とか言われてね。それから、あなたは箒で掃除したりモップで床を磨いたりしながらブツブツ言って。でもわたしね、あなたに文句言われても嬉しいのよ。あなたがいれば、家庭が立体的になるような感じで。それから何も考えられなくなっちゃって」

「何で？」

「考えれば考えるほど怖いのよ。そんな暮らしが無限に繰り返されるのよ。七十、八十になって、あなた全然立たなくなっても、わたし頑張っちゃって。年取っても全然わかんないのよ。どうしてこの人と何十年も一緒だったのかって」

「それ、どこが怖いんだよ？」

「怖いのはね、もしも、わたしじゃなくて、ほかの女に変わったとしても――あなた本当に変えたけどね――私がさっき言ったことはまるで同じで。だからまた考えるの。そうよ、あなたには私がいなくちゃダメだって。私もあなたがいなくちゃダメなのよ」

「頑張れないんだね」

「下ネタはもうやめてよね。その後でわたし思ったの。あなたが今何してるのか見た方がよっぽどましだって。私が感じたとおりなのかなって」

「同じだった？」

「はっきり言って、デブったわね。わかるかどうかわからないけど、昔通った小学校に行ったり、昔住んでいたところに行ったりした時、全部のものが何だか記憶の中のものより小さかったりするような感じ」

「俺はおっきくなったよ」

「そうよ、でもやっぱり小さくなってるのよ、何だか脱水したセーターみたいに。それからあなた、今の生活や家庭のことなど詳しく話してくれたでしょ。わたし聞きながら考えたの。もう、これがわたしがもともと一緒にいたいって思ってた男なんだ、今目の前にいて、奥さんやお嬢さんのことをだらだら話してる、恥ずかしげもなく、ってね。それから、ああ、この人が言ってる奥さんっていうのは本当はわたしだったんじゃないの？　ほかの人にわたしのこと話す時は、今わたしに奥さんのこと話してくれたみたいなのかな？　ってね」

「きみがマジだったのは見せかけだったんだね」

「わたし、もともとあなたとセックスするつもりなんてなかったのよ。どうしてわたしがあなたとホテルに行きたいなんて思ったの？」

「俺もよくわかんない」

「娘さんよ。あなたが娘さんのこと話すの私には耐えられなかった。だって私が生むはずだったのよ。私が妊娠して辛い思いしてあなたの赤ちゃんを生むはずだったの。それなのに生めなかった。だからパパはほかの人の子を可愛がることしかできないのね」

「なんだよ、だからおまえ、大丈夫って言ってたのか……」

「本当は危険日だったのよ。何が『危ない』のかわたしには全然わからなかったけど。もし生みたいんだったら『大当たりの日』じゃない。でも私、当たらなかった」

俺は優しく妻の頬にキスをして、おでこと髪の毛を撫でた。手先の感覚は覚えていた。この動きはついさっきのものみたいだ。俺は不思議でたまらなかった。体の中には記憶がすべてたまっている。しかもはっきりと妻と小玲を分けることができる。何かを忘れれば何かを思い出す。俺は軽くため息をついた。どうしろって言うんだ。こうなるしかないんじゃないのか。俺は今晩妻を抱くことだけを考え、この今の時間は官能の喜びに浸ることだけを考えていた。

10

妻はまだ眠っていた。まるで蒸籠の中のマントウのように気持ちよさそうにしている。妻の眠りを邪魔しないように気をつけながら、忍び足で娘の部屋まで行き、娘がもう一つの小っちゃなマントウのように寝ているのを見た。そして俺はキッチンまで行き自分で熱いお茶を淹れた。お茶を持ってベランダまで行き、寝ぼけまなこで川べりに二、三人の人影が動くのを眺めていた。前にも早朝や夕方に何度も見たことがあったので、昨日と今日の違いもよくわからないくらい普通だった。ぼんやりと見続け、時々カップを啜った。温かい湯気が散ってしまうのは速い。何にも考えたくない時は、こうして目をはっきりと開けていると、ガランと何もなくなっていく。

家の中は音もせず、床が光っていた。気ままにできそうな展開を考えてみた。別の人の暮らしが俺の生活とそっくりだっていうのなら、今の俺よりもちょっとだけ若い、あの独り身の男は何を考えているのだろうか。もし俺の目の前に広がる殺風景な景色を見たら、何か文句でも言うのだろうか。それとも手元にあるお茶のようにただ黙っているだけで、湯気が温度を下げていくのに任せたままだろうか。あんなにも孤独で、誰も知らない部屋で、存在することのない世界を繋ぎ合わせている。でも俺は、彼には遥か遠くを思う気持ちにさせる。別れてからだいぶ経ってしまったガールフレンドで、ネルーダの少女の詩に出てくるような優しい女の子を思うのだ。子供が眠るような唇から出てくる深い情愛に満ちた詩を、彼に思い出させるべきだろうか。「情熱燃える沈黙のうえに　おびただしい風の心臓の高鳴り」のように、一度思い返せば心が無理に痛めつけられるような言葉を。彼というのは、俺のめちゃくちゃな暮らしから抽出したエッセンスなのだ。気持ちを一心不乱に女の子に注ぎ、親戚のいない孤児のように必死だった。母親のことを思うべきじゃないだろうか。暫く静かにしていた思いを呼び戻させ、夢の中に何度も母親の臨終を出させようか。自分では制御できないくらいに意識を逆転させれば、かえって拒否する場面を描く練習になるだろうか。めちゃくちゃな時間の順序に混乱してしまう。ネルーダの少女が先に出ていったのか、それとも母親が先にいなくなったのか。それから彼は書き続ける。彼の手を通してのみ作り出される景色と内面を描いていくのだ。

物語は進んでいった。

レミングが自殺する物語は嘘だとわかった。ネス湖の怪獣のようにいないのだ。西暦七九年のポンペイの二万体にも及ぶ化石は世界各地の展覧会に回覧された。両岸の偉大なる領袖《リーダー》のように、人々によって仰ぎ見られた。一九七七年に太陽系のはずれに向けて発射されたボイジャー一号と二号は、先端にさまざまな言語を使った「地球の子供たちから、こんにちは」というゴールデンレコードを搭載した。その後アメリカでは冗談で、火星人がレコードを聴いて「チャック・ベリーを歌って」と返事してきたと言っていたらしい。それから自分のことをアメリカ皇帝だと言っていた気の触れた奴……どれもこれも小さい時から世界の秘境だとか百科事典だとかで読んだことだった。こうした内容はその時の俺の記憶とは一切繋がりがない。でも訳がわからないくらい頭の中の引き出しの中に入っていて、不注意にも引っくり返して見つけてしまうのだった。今これらの物語を思い返せば、自分がどうして覚えていたのかさえもわからない。ネルーダの少女が詩を詠む時の口調も覚えていたし、母さんが病院で化粧をしたり手を振ったり、完全に眠りについてしまうかのように横になった姿も覚えていた。別の人生を送っていた父親が夜中に戻ってきて母さんに線香を上げるのも覚えていた。それから母さんが清代中国の高級官僚夫人になったかのように化粧をした姿も……さまざまな気持ちがつじつまが合わないけれど、でも一つ一つ細かいところで繋がっていて、ゆっくりと大きな流れを作っている。それを覚えているのだ。全然関係のないものが突然出てくる物語で、本当かどうかさえも怪しい。ニセモノの髭をくっつけて、くしゃみが出るまでは落ちないような感じで。

妻が起きたみたいだった。

「今日何するの？」妻は眉間に皺を寄せてまばたきしていた。全身が花を開いたウツボカズラのように、俺の体にもたれかかってきた。
「小説書こうかな」

「何？　聞きまちがえ？」

「聞きまちがえじゃないよ」

「何をまた書くのよ？」

「書き終わればわかるよ」

本当のところ、俺の世界は自分で作り出す若者よりもっと小説的だ。

小玲《シアオリン》の存在は、先に映画で撮った役柄だったけれど、ことごとく抜け落ちてしまったかのようでもある。俺の世界にはたくさんの役柄が出てくる。小玲、妻、娘、アパートの隣に見える川べりの土手にいる人々やペット、それから俺に見えていないおばけ。俺は妻や娘に嘘をついて小玲と私通しているから、もう完全にハチャメチャな小説になってしまう。

比べてみると、俺が作り出す若者は消極的で青白くて、非力でどうしようもないほど結論のないことを考えている。その世界は音がなくて、いつも静かで、とても礼儀正しくマナーを守っている。死んでいく母親、離れていく娘、最初から最後まで彼を受けつけない故郷、突然端役を演じる人物など。彼の世界はこんなにも簡単で、低いところで回転している。そこから空を見上げると、地球の周りを何十億年も回る月がある。本当は月の直径はすでに一八二メートルも縮んでいるけれど、彼には全然わからない。何もしないでいるのは、冥王星が何もしないまま九大惑星から外されてしまったかのようだった。彼は自分がそうしたことを信じないようにすべきと思い、全く逆のことを信じるようにした。月に到達したことも、彼は絶対に信じなかった。孤独な状態で生き続けようとしたのだ。

妻は両手を広げて、浴室で髪を洗っている。俺は冷め切ったお茶を持って流しで捨てた。ここのところめちゃくちゃに書いてきたものを考えながら。俺は屋上屋を架す努力で部屋を一つの島と見なしながら、ダメな描写の中で何度も一人の人間が記憶できる限りのものを描く。主人公のために作り出した出来事は、記憶の錨がもともとフィクションだった柔らかな土をがっしりとつかんでいる。この小説に終わりなどなく、俺は本当に終わらせないようにしていた。主人公の生き方を地平線が見えるはずれに残しておくのだ。だから俺はこの何日か書きためてきた文章を組み直した。まるで引き出しを開けて文房具を整理するかのように。それはボールペンを色ごとに丁寧に並べるかのような、あるいはホチキスと針を一緒に並べるかのような、あるいは付箋紙を同じ角で合わせていくかのような、機械的な整頓だった。小説の中では死んだ人もいなくなった人もいるけれど、でもこの若者だけには死んだり死のうと思ったりしてほしくなかった。しばらくは無限に渦巻く記憶の回路で、ネルーダの少女やほかの人をちょっと考えながら、ちりぢりになりやすいイメージや魂を両手で抱えるようにしていたのだ。

俺も両手を広げて抱きかかえる準備をした。俺たちはしきりにお互い、それぞれの人生での困難や女性たちを作り出している。そして女の方からは別の人生を探っていく。二つを比べると、若者は俺よりも遥かに物語を作るのがうまく、はったりを言うのも得意だった。まだ小説を書いたことがないとは言っても。本当のところ彼はとっくに俺のことを書き終えていた。だから俺は彼を繰り返し書いてきたことになる。寂しい一人遊びだ。俺は故郷や母さん、俺のほとんどを占めていた命に関する記憶から離れていった。川べりの土手に目をやった。二、三人の人影は何の表情もなく俺のそばを通り過ぎていく。俺の視線を全然気にしていない。小説の冒頭にあった夏の日は数章前ですでに終わっていた。スーツケースを引いて去っていったネルーダの少女も、もしかしたら小玲のように突然現れるかもしれない。俺はネルーダの少女が懐かしい。自分が白熱電球のように思えてきた。一番肝心なヒューズはもう完全に切れているのに。紺色の空と星の輝きを見上げながら、流れていかない雲はないことに気づいた。目の前のものはすべて流れていき、呼吸するかのように俺の視界に入ってくる。俺が書き出す文章は虚構の空間で生きていて、続いて力任せに叩き壊される。それは誰も知らないのだ。

その後、俺はもう一度書き直した。もう一度自分の人生を書き直そう。馬鹿げたやり方だと思うけれど、書いて、書き直して、また書き直すという作業をやめずにいると、頭の隅っこに隠れるかすかなアイディアを全力で絞り出すかのように、何度も他人の体つきや動きを育てていくのだった。それはあまりにも極端な実験方法。端っこまで語ったところで何を覚えているのか試すのだ。何か落としものはなかったか、道を戻るかのように。いつも不注意にも網膜に飛び込んでくる景色。脳の中で長いあいだ感じていなかったかすかな感触が僅かに蘇る。髪の毛のようにふわりと浮かび揺れている。その後で「あー、こんなになっちゃって」という嘆き。こんな感じの薄っぺらな気持ちは肩と肩が擦れ違う空気の下の方で渦巻いている。不注意にぶつかってしまえば、たぶん昔のことで訳がわからないほど攪拌されてしまう。たった一秒のあいだでも痛みや甘い記憶は覚えている。それから、出歩くのは危険だと悟るのだった。昔の多くのことはドアの外で借金取りのチンピラのようにうろうろし、地面には三センチもの吸い殻がたまっている。いつでも背中からひと突きする準備ができているのだ。

俺は思う。何もない憂鬱な若者を前にして、彼のためにどんな色合いで世界を色づけることができるのだろうかと。彼は俺の俳優役で、一幕一幕勝手に書き下ろした脚本を演じている。俺が決めた役柄や設定に従って、幻のような女の子と見せ物を演じている。彼の一生はこんな風にして作られているけれど、自分自身を押しつぶす哀しみをしっかりと感じていた。

だからもう一度人類が到達していない月から始まらないと。

恒星の寿命はだいたい百億年と言われる。まもなく尽きる頃だ。恒星の光と熱は徐々に弱まり冷めていく。気球のように急速に膨張し、百倍の体積の真っ赤で巨大な星になる。そしてゆっくりと白と黒の小さな星になっていく。でも、もともとの質量が太陽の八倍を越えれば、重力が恒星を爆発させて粉々にしてしまう。光り輝くまばゆい新星になるのだ。爆発の後、新星の中心が太陽よりも三倍重たければ、そのとてつもない重力で壊れていき、質量も密度も無限大の超新星と化す。

でもブラックホールを見ることなどできないし、観測すらできない。ブラックホールの引力の場はあらゆる物質や放射線を逃さないのだ。光さえも逃げることのできないブラックホールの境界を「事象の地平面」と呼ぶ。その境を越えてしまうと、ブラックホールの時空は錯乱し、時間は空間となり、空間は時間となり、時空は相互に座る場所を変えていく。だって光がなくなれば、その後を観測することなんてできないのだから。だからブラックホールの中は推測するしかない。つまり、徹底的に究極の隔絶だ。

　ネルーダの少女の視線が届くところ。この世界で起きた一切のことは、もう二度と現れる必要はない。それがどんな状況なのか知るよしもないのだから。彼女だって俺のことを知るすべがない。俺は最終的に事象の地平面に放逐されるのだろう。たとえ地平面を越えて粉々にされなかったとしても、俺は世界と決別するのだろう。どちらにしろ、俺は人類が月に到達していないことだけを信じるのだ。

　最後の一行を書いてから、ベランダへ行き闇に覆われた川べりを見た。かすかに草の香りを含む風が吹いてくる。顔を上げて表情のない空を見上げてみると、ほとんど星は見えなかった。月も見えなかった。いつになれば、人類は地球から冥王星を見ることができるのだろう？　俺は振り返って部屋に戻り、心の中ではファイルを全部削除すべきかもしれないと思った。

　妻を呼び、娘を呼んだけれど、返事はなかった。

The Place Farther than Pluto

遠いニッポン

黄崇凱

最近、偶然古書店で常盤新平『遠いアメリカ』を見つけた。一九八六年の直木賞作品で、翌年台湾で中国語訳が出たのだ。それまでこの作家について聞いたことがなく、しかも中国語訳の表紙は恥ずかしくも「直木賞」を「芥川賞」（その年は受賞者がいないのに）としてしまっていて、なおさら私に苦笑いさせた。

常盤新平の小説は自分自身の経験をモデルに一九五〇年代末の極貧生活を描いたもの。コカコーラが日本に上陸したばかりで、ピザやハンバーガーも簡単には食べられない時代に、主人公はアメリカの探偵小説やハリウッド映画にはまり、一心不乱にアメリカでの生活にあこがれる。クリネックスのティッシューがどんなものかさえも想像できないのに。アメリカは主人公が大量に買い集める雑誌やペーパーバックを通して、彼の頭の中で絶えず深まり、広がり、延々と続いていくのであった。

幼い頃を振り返ると、日本も私にとってそんな存在だった。そこでは「ドラえもん」「ドラゴンボール」「幽☆遊☆白書」「ＳＬＡＭ ＤＵＮＫ」が生まれた場所であり、ゴジラが東京の高層ビルをぶち壊し、ウルトラマンが三分間の時間で急いで敵を倒し、仮面ライダーはいつもバイクで颯爽と出てくるのだ。今でも覚えているけれど、家族で初めて海外旅行をした時に千葉に嫁いだおばさんを訪ね、皆でディズニーランドへ行ったことがある。華やかなパレードでミッキーやミニー、グーフィー、ドナルドを見て、バックにはシンデレラ城が聳えて、それはまるで夢のようだった。日本に住むおばさんが自分のために漫画雑誌を山ほど買って持たせてくれたのはよかったけれど、台湾に戻り税関検査を受けた際、全部没収されてしまった。子供からすれば、それは夢が打ち砕かれていくことで、唯一できた反応と言えばフロアで泣き叫びのたうち回ることだった。そんなのは当然、役には立たなかったけれど。私は心に誓ったものだ。将来絶対にあの本を買い戻してみせると。このあとがきを書いている今、頭を上げて見回してみると、書籍と雑誌がうずたかく積み重なっている。実家に置いてある本もまだまだ多い。小さい時に無闇に誓いなど立ててはいけないのだ。

　私にとって最初の仕事は文芸雑誌の編集だった。ちょうど村上春樹が『１Ｑ８４』を出した頃で、続けてトラン・アン・ユン監督の『ノルウェイの森』が上映された。雑誌ではこのために原稿を頼んだり、特集企画を立てたりで、私もその時には集中して村上春樹を読みふけった。どうして大学時代に周りの友人たちがみんな村上春樹を読んでいたのか、まるで補習の授業を受けるような感じで思い出しては理解していった。雑誌での仕事のついでには、東京でもう一人の村上をインタビューしたりもした（村上龍のこと）。千葉に住んでいるおばさんは、平日にはいつも村上龍と小池栄子が司会をつとめる「カンブリア宮殿」を見ていたので、私もグラビアアイドルに目を喜ばしていた。私たち一行は、通訳、撮影、（私の）親類と総出で、胸を張って村上龍が泊まるホテルに向かい取材を試みた。おそらく彼は、雑誌のインタビューごときで、どうしてこんなに大勢が押しかけてくるのか不思議に思ったことだろう。でも、私たち一人一人に対して親しみを込めて挨拶し、インタビュー後にはおばさんが持ってきた色紙にもサインしてくれた。今考えてみると、その時に同行した日本人編集者は怪訝そうな顔をしていたけれど、それは本当に意味ありげな表情だったのだと思う。

　そうした編集の仕事を続けている時、私はいつも退勤後の、あるいは毎月雑誌が発売された後の二、三日の暇を使って、パソコンを立ち上げてゆっくりと後に『冥王星より遠いところ』と呼ばれることになる小説を書き始めた。いつも七、八時に会社を離れ、適当に食べてからカフェに入り、ノートパソコンを開いて何か書こうとした。でも毎回コーヒーを飲み終わると、疲労感に襲われて、パソコンを閉じてテーブルの上でうたた寝してしまうのだった。一晩で数百字も書けず、翌日には消してしまう。一文字も書けなかった時の方が一番多かったかもしれない。なぜか一度に十個ものファイルを開き、ここに数行、あそこに数行と書いていた。行ったり来たりして書いていくと、自分が作り上げる錯綜したプロットの中で朦朧としてくるのだった。私は何度も、今、どの、「俺」の語りなのかを確認しながら、ひっきりなしに行きつ戻りつして「俺」を書き換えていった。まるで秘密の何かを作り出すかのように小説を書いていったのだ。書き上げた後で、何社か出版社の間を転々とし、一年余り経ってから大幅に加筆修正した後でようやく出版されるに至った。私はその時、これはおそらく自分にとって最後の小説になるのだろうと思っていた。結局は人にあまり知られていない秘密のように消えていくのかなと。

でも、後に台湾人作家で俳人でもある黄霊芝《ホアンリンジー》（一九二八－二〇一六）の作品を読んだ時、私はようやく理解できた。そんなのは秘密とも言えないことを。黄霊芝は日本の植民地時代に日本語で創作した多くの台湾人作家とはちがい、戦後になってから日本語で書き始めた人だった。その時、国民党政府はすでに日本語の使用を禁じていた。彼の一生涯での創作は、とてつもなく大きな秘密だったのだ。彼は小説や童話を書き、短歌や俳句を詠んだけれども、いくつか発表した文章のほかは、すべて私家版の作品集だった。群像新人文学賞にも応募して、受賞には至らなかったけれど、後年になってその中国語訳を読んだ私には、創作に対する考え方についてもうひとつの方向を啓いてくれた。もしも当時日本語が禁止されていなければ、黄霊芝のような日本語で書く別の作家が現れて、国民党政権下の戒厳時期に日本語で国境をまたぎながら、この閉ざされた島を打ち破り出ていったことだろう。それは絵空事ではないはずだ。たとえば後に日本で「金儲けの神さま」として知られた邱永漢は、まさに直木賞を受賞した最初の台湾人だった。その後も陳舜臣や東山彰良が直木賞の栄誉に浴し、最近では温又柔や李琴峰の活躍もある。ただ、戦後台湾の実際の状況では、言語転換に苦悩し、再び「国語」を学び直さなければいけないものもいた。戦前に日本語で創作し、風格のある文章を残した多くの作家が、言語の縛りによって沈黙し筆を折ったのであった。私はどうしても考えてしまう。とてつもなく大きな沈黙の底には、どれほど多くの人に歩かれていない道があったのだろうかと。

とは言え、点線でつながる可能性をどれほど考えてみても、与えられた現実を避けて通るわけにはいかない。それは私が幼い頃に「週刊少年ジャンプ」の人気漫画をたくさん読みながら、自分もいつか漫画家になれるとうっかり思い込むかのように。あるいは「ＳＬＡＭ　ＤＵＮＫ」でのスーパープレイを何度も真似しながら、いつかは全国大会へ行けると思い続けるように。どこかでハッとする時があるだろう。直線だってまともに引けず、身長一六六センチの私には、現実を受け入れるしかないのだ。今世紀に入ってから台湾でも無印やユニクロ、ドンキがオープンし、日本の漫画はもはや没収されず、現代文学も大量に翻訳されているけれど、私は自分のできる範囲でゆっくりやるしかない。

そこで私は物書きになった。

自分では最後と思っていたこの小説は、やっとのことで出版されたけれど、その後に中国では簡体字版が出され、二〇一八年にはフランス語訳も出た。そして今では日本へ向かおうとしている。この小説は物語の中でも書いた無人探査機ボイジャーに搭載されたゴールデンレコードのように、未知の道のりを歩みながら、誰かに発見されるのを待っている。

十年前の私には思いもしないことだった。

最後に、今回本作を翻訳してくださった明田川聡士さんに感謝を申し上げます。版権処理を担当してくださった黄碧君さんにも感謝しています。私の作品はこれまでに天野健太郎さんの訳でも出ています。その時の短編小説は西崎憲さんが編集長をつとめる文学ムック『たべるのがおそい』に掲載されています。それもちょうど書肆侃侃房から刊行されました。ここに謹んで感謝申し上げます。

二〇二一年五月　台湾・台南

青年の孤独と物語のリアリティ

明田川聡士

二〇一〇年代台湾文学界における新星

本書は台湾人作家・黄崇凱《ホアンチョンカイ》の長編小説『比冥王星更遠的地方』（二〇一二）の全訳である。作者の黄崇凱は一九八一年に台湾南部の嘉義市に生まれた。著者自身によると幼い頃に雲林県へ転居し、同地では高校まで過ごしたという。その後大学進学のために台北へ出たが、現在は台南に居住し創作活動を続けている。

台湾最大のオンライン書店・博客来が運営する情報サイト『ＯＫＡＰＩ閲読生活誌』でのインタビューによれば、台湾大学歴史学系に学んだ黄崇凱は大学四年時に文芸誌『聯合文学』が主催する文学キャンプに参加したことで創作を始めるきっかけをつかんだという。戦後台湾での文学キャンプとは、冷戦下の戒厳時期に蒋介石の後継者であった蒋経国を初代主任とする中国青年反共救国団が始めた学校教育と連動する組織的な文学教育活動であった。民主化が達成された今日でも文学キャンプのかたちは残るが、いまでは新聞社や出版社、書店、大学などが中心となって主催する夏休みのサマーキャンプへと様変わりしている。かつて戒厳時期に強調された政治動員の要素はすでに消え、講師の作家が高校・大学生ら青少年に対して文章作法を指導し読書の楽しさを伝えるサマースクールとして継続しているのである。黄崇凱は大学の夏休みに何気なく参加した文学キャンプで講師として登壇した作家の袁哲生《ユエンジョーション》（一九六六－二〇〇四）と知り合い、それを縁に袁哲生と同年代であった李志薔《リージーチアン》（一九六六－）や李崇建《リーチョンジエン》（一九六七－）、甘耀明《ガンヤオミン》（一九七二－）、王聰威《ワンツォンウェイ》（一九七二－）、高翊峰《ガオイーフォン》（一九七三－）、許栄哲《シューロンジョー》（一九七四－）、張耀仁《チャンヤオレン》（一九七五－）、伊格言《イーゴーイエン》（一九七七－）など当時の新鋭作家たちと出会っていった。彼らは創作のかたわら二〇〇〇年代初めに急速に普及し始めたインターネット上で、自分たちとネットユーザーを繋ぐ文学イベントを定期的に催していたが、それは言わばバーチャルな仮想空間での文学キャンプであった。黄崇凱もそこで自身の習作を投稿することで筆力を磨き、彼らの知己を得ていったのである。なかでも高翊峰は台湾版『ＧＱ』や『ＦＨＭ』など複数の男性総合誌の編集長をつとめていたが、まもなく黄崇凱に対して原稿の執筆を任せていった。著者あとがきでも一時期は雑誌編集者として仕事をしていたことが触れられているが、それはこうした経緯によるものであった。

やがて、黄崇凱は日本の月刊誌『ダ・ヴィンチ』にならって創刊された、高翊峰を編集長とする『野葡萄文学誌』で初めて小説を発表して以降、進学した台湾大学大学院での学業と平行して創作に打ち込むようになっていった。二〇〇四年には台北文学賞を受賞し、それ以降も聯合文学小説新人賞、林栄三文学賞など各種新人賞を受賞していったのである。これら文学賞を受賞していくあいだには、最初の短編小説集『靴子腿』（ブートレグ、二〇〇九）をはじめ、本書の原作である『比冥王星更遠的地方』、長編小説『壊掉的人』（壊れちゃった人、二〇一二）、『黄色小説』（ポルノ小説、二〇一四）、『新宝島』（同、二〇二一）、短編小説集『文芸春秋』（同、二〇一七）などを立て続けに発表していった。『黄色小説』は同年の中国時報開巻好書での受賞作となり、『文芸春秋』は台湾の文化部（文部科学省に相当）が主催する文学賞での最高賞にあたる金鼎賞および呉濁流文学賞のダブル受賞作となった。このように黄崇凱は二〇一〇年代の台湾文学界に新星の如く現われ、いま台湾で最も明るく輝いている青年作家の一人なのである。

七年級、あるいはミレニアム世代という新人類

ところで、台湾では中華民国歴で七〇年代生まれの者（西暦一九八一年から一九九〇年のあいだに生まれた者）を「七年級」と呼ぶ。また同じように、一九八〇年から二〇〇〇年にかけて生まれた者は「千禧世代」（ミレニアム世代）や「Y世代」などと呼ばれることも多い。いずれにしても、それは現在二十代から三十代にかけての成人男女を世代で区分した呼び方であり、彼らはグローバリズムの進展、デジタルメディアの普及、経済社会の成熟などを社会的背景として早くから共有している。台湾の月刊誌『Cheers 快楽工作人雑誌』でも、二〇一二年に「Y世代の仕事観インターネット調査」と題した特集記事を組んでいたが、そこではこの世

代の若者たちに見られる特徴として三つの傾向を挙げていた。それは、年上世代と比較されることを嫌い自身のやり方を貫く姿勢、誰にでもできる仕事よりも個人での活躍を渇望する姿勢、生活のすべてにおいて自由と個性を重んじる姿勢であり、この世代特有の価値観として取り上げていた。

実はこうした若者たちの傾向は、そのまま同時代の青年作家たちが描き出す文学作品の特色でもあった。台湾では、早くも二〇一一年に「七年級」世代の青年作家による小説をまとめたアンソロジーとして、朱宥勲《ジューヨウシュン》・黄崇凱編『台湾七年級小説金典』が刊行されていた。同作品集の共編者で自身の小説も選出した朱宥勲（一九八八－）は、同書序文のなかで「七年級」作家の特徴として、既存の文学表現を転覆させて個人の感情表現を最も重視する点を指摘している。彼ら、すなわち「自分たち」の作品では、従来の台湾文学における大きな特徴であった台湾人が経験してきた重層的な近現代史、あるいは台湾社会を分断する火種にもなったエスニック・グループ（族群）の衝突などを再び同じように繰り返して描き出すことはないと強調する。それまで台湾人作家が常に抱えていた創作を通して示す台湾社会への強い使命感、あるいは台湾人読者に向けて働きかける大きな影響力など、そうした真理や規範をそもそも重視していなかったのである。彼ら「七年級」作家が表現しようとしたのは、書き手自身の内面や感情、さらには個人的な経験や体験を書き綴ることであった。インターネットやＳＮＳの普及によって情報が洪水のように氾濫するデジタル社会のなかで、彼らは現実の多面性と複雑さをとうに悟り、もはや従来のかたちで物語を描き出すことを目指さなかった。国家や民族の歴史に注目しながら大きな物語を描くのではなく、作者自身だけが関わるような限定的な世界に埋没した個人の感情を見つめ直し、悲しみや痛み、怒りを物語に交えながら、それを繰り返し重ねて描き出そうとしていくのであった。「七年級」作家たちの彼らは、そうした描出こそが、これまでの台湾文学においても極めて珍しい創作表現だと自覚的に構えていたのでもある。

　本書のなかでもそのような傾向は充分にうかがえる。物語ではネルーダの少女と交際した日々を追想する「俺」や大学時代のガールフレンドを懐かしむ高校教師の「俺」という二人の青年を中心に、最愛の人との別れがもたらす孤独や悲しみ、恐れを綴っていく。作中で描かれる最愛の人との別れとは、不治の病で旅立つ母親との死別でもあり、それを物語では太陽系から外された冥王星や銀河系の彼方をさまよう無人探査機ボイジャーにたとえながら展開していく。そして、このように表現されていくのは完全なる虚構の語りではなく、黄崇凱が自ら経験した感情にもとづくものでもあったようだ。黄崇凱は作家として身を立てる前の二〇〇八年に台湾大学大学院を修了しているが、公開されている学位論文の後記では同年初めに見送った亡き母の早世に言及し、こころの痛みを書き留めている。本作はそうした作家個人が経験した感情や内面を綴りながら、著者あとがきでも言及しているようなデジタルネイティブ世代の特性とも言えるほどの奇抜な創作手法でもって切り離された意識や感情が、縦に横にと組み合わさり、時空を交錯しながら一編の長編作品として編み出されていくのであった。

尊厳死をめぐるリアリティ

とはいえ、そうした世代論的な視角からだけでは黄崇凱の小説を読み取りにくいのも事実であろう。作家個人の感情を描出することに固執しながらも、その創作は台湾社会の「いま」の状況をリアルに伝える内容にもなっていた。たとえば、物語では青年の「俺」と高校教師の「俺」といった二人の視点から、看病を続ける母親を見つめる場面がある。

> こんなでも生き続けなければいけないの？
>
> 俺は母さんを絞め殺したいという思いを抑え込んで、ようやく隣に寝転がって看病することができた。この気持ちが絶えず頭の中で渦巻いている。簡易ベッドに横になると、そろそろ準備すべきかなと思ったりもした。母さんはちょっとずつ姿を消しながら今にも記憶の中へ入っていきそうだ。母さんが完全に記憶に変わってしまった時、俺は一人になってしまう。
>
> ——一二八頁

母さんは手を軽く振った。おそらく肺にたまった水で腕が痛むのだろう。俺は母さんに背を向けて座らせ、軽く丸めた手のひらで背中や肩、腕を叩いてあげた。もしそのとおりなら、母さんが死を越えてもう一つの世界に生まれ変わるのを願うことだろう。もしこの世界だけならば、そんなの寂しすぎる。
――一六一頁

不治の病におかされる母親を入院先の病院で介抱する二人の主人公は、日に日に衰弱していく姿を目にしながら絶命さえも願う。その背後に浮かび上がるのは、肉親にとって尊厳を保ったままの状態で看取りたいという家族の視線でもある。

台湾では二十一世紀に入り、終末期医療の法制化が高度に整備されてきた。二〇〇〇年には「安寧緩和医療法」（安寧とはホスピスケアの訳語である安寧療護を指す）が成立し、患者本人の意思表示または家族の代理決定による延命治療の差し控えが法的に認められた。その後二〇〇二年、二〇一一年、二〇一三年と三度の法改正を経て、現在では患者本人の事前指示書による延命治療の中止、家族の代理決定による延命治療の差し控えおよび中止まで認められるように拡大された。同法は終末期患者のみを対象としたものであり、適用範囲も限定的ではあるが、延命治療の差し控えや中止に対して患者本人の意思表示は必ずしも必要でない。台湾における終末期医療制度の法制化問題に詳しい大谷大学研究員の鍾宜錚博士によれば、このように延命治療をめぐる意志決定の主体が患者自身から家族にまで急速に拡大されたのは、台湾では医療現場での家族による意志決定が一般的であり、患者の最善の利益に反すると周囲の家族が考えて医療措置の中止を決めることが多いためであるという。

とはいえ、二〇〇〇年の同法成立時点ではこうではなかった。当初は患者本人による事前指示書がない場合は病院で延命治療を臨終まで続けるしかなく、たとえその継続が本人の利益につながらないと家族がはっきりと判断できても、それを中止させる法的な根拠はなかったのである。二〇一一年に法改正が行われた際には、そうした法的現状が患者にとっても家族にとっても大きな苦しみや負担になっていることが、国会に相当する立法院で説明され盛んに議論された。他人のケアに頼らず最期を迎えさせたいという尊厳をめぐる家族の理解、逆に言えば植物状態や昏睡状態に陥った患者個人の尊厳を、尊厳という視点から否定してしまうほどの家族の心情は、数値として出てこないものの台湾社会で広く見られる観念だと鍾宜錚も指摘する。そして、さらに今日では二〇二〇年に「尊厳善終法」が立法院に提出され、尊厳を理由として安楽死や自殺幇助の合法化を求める議論まで生じていた。この法案は前年に提案され、一度は会期終了による閉会にともない廃案となったものの、二〇二〇年に再度提出されたものである。台湾における安楽死の合法化を求める声は決して少なくないようであり、尊厳死をめぐる社会の議論は今後も注目されるところである。

　ここで黄崇凱の小説に戻ると、『冥王星より遠いところ』の原作は二〇一二年二月に出版されており、まさにこうした尊厳死をめぐる問題が台湾社会でさまざまな議論を呼び起こしていたときに創作されたのであった。物語のなかでも、母親の尊厳死を願う二人の「俺」だけではなく、頭部に手術跡が深く残り重度の障害を負って不随となった従兄弟や、自動車事故で集中治療室に入ったままの従兄弟などを見つめる「俺」もいる。「俺は従兄弟にも尊厳というものがあるのか考えてみた」（八〇頁）と独白するように、尊厳死をめぐる感情の高まりは本書におけるもう一つの重要なテーマなのであった。黄崇凱による尊厳死問題を示唆する物語とは、台湾社会で安楽死合法化を求めていく世論の高まりを先回りして予言するかのようでもあったのだった。

＊＊＊

原作は二〇一八年にフランスで仏語訳が刊行され、本書はそれに続く外国語訳である。日本で初めて単行本として刊行された黄崇凱作品となるが、著者あとがきでも言及があるようにすでに別の邦訳として短編小説「カピバラを盗む」（原題「水豚」、『たべるのがおそい Vol.3』書肆侃侃房・天野健太郎訳・二〇一七年に所収）がある。同作は任期の迫った台湾総統が大陸反攻を突然表明するが、軍隊は出動せず緊迫感に欠けた日々のなかで、台湾住民は中国籍への帰化か台湾で二重国籍者となる選択を迫られる。それは戦後の台湾と中国の政治関係や日本統治期初期の台湾近代史をパロディーでもって描き出した近未来小説でもあった。こうした政治と歴史の寓話は、直近の新作『新宝島』でも描かれていて、『冥王星より遠いところ』とは趣向の異なる黄崇凱作品もとても読み応えのあるものである。

今回、翻訳の底本には『比冥王星更遠的地方』（桃園市・逗点文創結社、二〇一二年）を使用した。場面に応じて、国語（標準中国語）や台湾語（閩南語）の発音に相当するカナをルビとして振った。また、作中で引用されるネルーダの詩については荒井正道訳「二十の愛の詩と一つの絶望の歌」（『ノーベル賞文学全集 二十五　ネルーダ　ベル』主婦の友社、一九七四年）より引用した。

本書の翻訳にあたり、物語展開のなかでの用語や状況に関してわからないところがあったが、著者の黄崇凱氏から何度もメールにて仔細に教えていただいた。ここであらためて、こころより謝意を表します。また、物語のなかではブラックホールに関する場面が何度か出てくるが、これをどのように平易で正確な日本語に置き換えるべきか悩んだ。その際、理論物理学を専門とする獨協大学国際教養学部名誉教授の東孝博先生よりアドバイスをいただいた。ここに感謝申し上げます。そのほか、版権処理を担当してくださった黄碧君氏、非常に細かく丁寧な校正で訳稿の作成をサポートしてくださった田島安江氏および池田雪氏、文化部への助成申請を担当してくださった黒木留実氏にも感謝しております。紙幅の都合、お世話になったすべての方のお名前を挙げることはできませんが、本書刊行までのあいだには非常に多くの方に助けていただきました。あらためて深く感謝申し上げます。

二〇二一年の夏　炎暑の午後、東京の小部屋で

参考文献

鍾宜錚「台湾の終末期医療の法制化における尊厳概念の変遷——家族代理決定から自己決定権への道」、加藤泰史・小倉紀蔵・小島毅編『東アジアの尊厳概念』（法政大学出版局、二〇二一年）

朱宥勳・黄崇凱編『台湾七年級小説金典』（台北市・釀出版、二〇一一年）

陳琡分「《黄色小説》黄崇凱——我総是想把開始写小説這件事帰因於袁哲生」、『OKAPI閲読生活誌』（二〇一四年十二月十一日）https://okapi.books.com.tw/article/3306（二〇二一年八月五日アクセス）

「《二〇一二年Y世代工作観網路調査》年軽世代——別拿我跟上一代比!」、『Cheers快楽工作人雑誌』（第一四五期、二〇一二年十月、電子版）https://www.cheers.com.tw/article/article.action?id=5043918（二〇二一年八月五日アクセス）

本書の出版にあたっては、二〇二〇年「中華民国（台湾）文化部　翻訳出版助成」を受けました。深謝致します。

■著者プロフィール

黄崇凱（こう・すうがい／Huang Chong-Kai）

1981年、台湾・嘉義市生まれ。小説家。国立台湾大学歴史学系卒業、同大学歴史学研究所修了。著作に長編小説『新宝島』（2021年）、『黄色小説』（2014年）、『壊掉的人』（2012年）、短編小説集『文芸春秋』（2017年）、『靴子腿』（2009年）など。短編小説「水豚」（邦題：カピバラを盗む）は文学ムック『たべるのがおそい vol.3』（2017年）に掲載。受賞歴に金鼎賞（2018年）、呉濁流文学賞（2018年）など多数。

■訳者プロフィール

明田川聡士（あけたがわ・さとし）

1981年、千葉県生まれ。早稲田大学第一文学部卒業、東京大学大学院人文社会系研究科博士課程修了。博士（文学）。獨協大学国際教養学部専任講師。専攻は台湾文学・台湾映画。著書に『戦後台湾の文学と歴史・社会』（単著、関西学院大学出版会、2021年近刊）、『越境する中国文学』（共著、東方書店、2018年）、『台湾研究新視界』（共著、台北市・麦田出版、2012年）、翻訳に李喬『藍彩霞の春』（単訳、未知谷、2018年）、李喬『曠野にひとり』（共訳、研文出版、2014年）など。

現代台湾文学選 2

冥王星より遠いところ　比冥王星更遠的地方

2021 年 9 月 7 日　第 1 版第 1 刷発行

著　者　黄崇凱
翻訳者　明田川聡士
発行者　田島安江
発行所　株式会社 書肆侃侃房（しょしかんかんぼう）
〒 810-0041 福岡市中央区大名 2-8-18-501
TEL 092-735-2802　FAX 092-735-2792
http://www.kankanbou.com
info@kankanbou.com

編　集　田島安江／池田雪
ＤＴＰ　黒木留実
印刷・製本　モリモト印刷株式会社

ISBN978-4-86385-484-0 C0097